Bianca

Jacqueline Baird
El valor de la inocencia

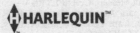

Editado por HARLEQUIN IBÉRICA, S.A.
Núñez de Balboa, 56
28001 Madrid

© 2013 Jacqueline Baird
© 2014 Harlequin Ibérica, S.A.
El valor de la inocencia, n.º 2295 - 12.3.14
Título original: The Cost of Her Innocence
Publicada originalmente por Mills & Boon®, Ltd., Londres.

I.S.B.N.: 978-84-687-3952-6
Depósito legal: M-36167-2013
Editor responsable: Luis Pugni
Fotomecánica: M.T. Color & Diseño, S.L. Las Rozas (Madrid)
Impresión en Black print CPI (Barcelona)
Fecha impresion para Argentina: 8.9.14
Distribuidor exclusivo para España: LOGISTA
Distribuidor para México: CODIPLYRSA
Distribuidores para Argentina: interior, BERTRAN, S.A.C. Vélez
Sársfield, 1950. Cap. Fed./ Buenos Aires y Gran Buenos Aires,
VACCARO SÁNCHEZ y Cía, S.A.

Prólogo

S E LO repito, señorita Mason. ¿Entiende los cargos que se le imputan?

–Sí –contestó Jane finalmente, atenazada por el miedo.

¿Realmente estaba en los tribunales acusada de llevar drogas de clase A con la intención de venderlas? Todavía le costaba creerlo.

Estaba en segundo de Empresariales y trabajaba cinco tardes a la semana en una franquicia de cafetería para pagarse los estudios. Todo parecía una pesadilla y solo deseaba despertarse lo antes posible.

–¿Cómo se declara? –le preguntó el juez de repente–. ¿Culpable o no culpable?

Jane se aferró al pasamanos del banquillo de los acusados para contener los temblores que la sacudían.

–¡No culpable!

¿Por qué no la creía nadie? Miró con desesperación a la abogada de oficio que le había sido asignada. La señorita Sims parecía absorta en la lectura de unos documentos.

Dante Cannavaro esperó pacientemente mientras se llevaba a cabo la vista preliminar. El caso no era de los que suscitaban su interés, pero Henry Bewick, el director del despacho de abogados en el que había hecho las prácticas al principio de su carrera, le había pedido su ayuda. Era un favor personal.

A sus veintinueve años de edad, Dante era un abogado de éxito, especializado en litigios comerciales. Llevaba años sin participar en un juicio penal, pero había leído la documentación del caso y las cosas estaban muy claras.

Se había producido un accidente de coche. Un agente de policía le había pedido el permiso de conducir a la señorita Mason y un paquete sospechoso se le había salido del bolso mientras buscaba la documentación. Iba acompañada de Timothy Bewick, el hijo de Henry. Al parecer, el chico estaba completamente borracho, y ella insistía en decir que había sido él quien le había metido las drogas en el bolso.

Dante conocía a Timothy y era evidente que estaba loco por la chica, por lo que no quería testificar en su contra. Había visto fotos de ella, y la negativa del chico era comprensible. La señorita Mason era una belleza de pelo negro, alta, con una camiseta ceñida y unos shorts que dejaban ver unas curvas generosas y unas piernas kilométricas. Un adolescente efervescente saturado de testosterona no tenía ninguna posibilidad.

Dante había aceptado el caso.

Al oírla hablar, levantó la vista. Se declaraba «no culpable».

«Mentirosa».

Se hacía la recatada ese día. Llevaba el pelo recogido en un moño y se había puesto un traje negro. Nada de maquillaje... Seguramente se lo había indicado su abogada. Pero la señorita Sims no le había hecho ningún favor a su defendida. Más bien le facilitaba las cosas a la parte contraria. Ese traje de corte riguroso le encajaba a la perfección en los pechos, la cintura, las caderas... Con él parecía tener mucho más de diecinueve años. Cuando llamara a declarar a Timothy Bewick la diferencia entre ellos sería evidente y el jurado se decantaría sin duda por el joven loco de amor.

Dante se puso en pie y sonrió con cinismo, sosteniéndole la mirada deliberadamente. Las pupilas de Jane Mason se dilataron. Se humedeció los labios durante una fracción de segundo... Era buena. No era de extrañar que el joven Bewick estuviera loco por ella. Dante recordaba esa sensación demasiado bien.

Definitivamente había tomado la decisión correcta... Sería un gran placer desenmascarar a la deliciosa señorita Mason, y eso fue lo que hizo.

Jane miró al hombre alto y moreno que acababa de ponerse en pie. Le sonreía. La respiración se le cortó y el corazón le dio un vuelco, llenándose de esperanza. Por fin encontraba un rostro amigo... Esos rasgos perfectos irradiaban confianza, preocupación, poder, hombría... Él sabría que decía la verdad... Lo sabía...

Las puertas de la celda se cerraron tras ella. ¿Cómo había podido equivocarse tanto? Borracha de miedo, Jane contempló el lugar que sería su hogar durante los tres años siguientes.

Con un poco de suerte, podría ser un año y medio. O eso le había dicho la señorita Sims...

–Odio tener que dejarte aquí, Helen –dijo Jane, mirando a su amiga con lágrimas en los ojos–. No sé cómo hubiera sobrevivido sin ti durante este año y medio –le dio un abrazo a la mujer que le había salvado la vida.

–Gracias –le dijo Helen con una sonrisa fugaz–. Bueno, ya basta de lágrimas, Jane–. Hoy eres una mujer libre. Sigue al pie de la letra lo que hemos dispuesto y te irá bien.

–¿No quieres que venga a verte, Helen? Te echaré mucho de menos.

–Sí, lo sé. Mi hija perdió la vida a los dieciocho años. Y una abogada estúpida y unos supuestos amigos casi te arruinan la tuya. Recuerda lo que te he dicho. El mundo no es justo, así que no te estanques en las injusticias del pasado. Así solo te llenarás de rabia. Piensa en el futuro. Vete, y no mires atrás. Clive Hampton, mi abogado, te está esperando y puedes confiar en él. Escúchale, ten cuidado y confía en la mujer de éxito que llegarás a ser... –le dio un abrazo–. Buena suerte.

Capítulo 1

BUENAS noches, Mary.
Beth Lazenby salió de las oficinas de Steel and White, la empresa de contabilidad en la que trabajaba. Se detuvo un momento en la acera y respiró profundamente, contenta de tomar el aire fresco de Londres, aunque quizás no fuera tan fresco... Disfrutaba mucho de su trabajo, pero cada vez que iba a la casa de la playa, se preguntaba si realmente quería pasar tanto tiempo en la ciudad.

La gente pasaba por su lado, a toda prisa. Su jornada había terminado. Era la hora punta y la cola del autobús era kilométrica. Decidió caminar hasta la siguiente parada. El ejercicio le sentaría bien. Además, no tenía ninguna prisa por llegar a casa. Aparte de Binkie, nadie la esperaba. Su amiga Helen había muerto tres años antes, cuatro meses después de que le fuera concedida la libertad condicional.

Ahuyentando esos recuerdos tristes, Beth se colgó el bolso del hombro y siguió adelante. Era una mujer alta, hermosa. Su cabellera roja resplandecía a la luz del sol y su cuerpo sinuoso se movía con gracia bajo un vestido gris de lino. Pero Beth caminaba ajena a las miradas de los hombres que pasaban por su lado. Ellos no tenían cabida en su vida. Tenía éxito en su trabajo y estaba orgullosa de lo que había conseguido. Era feliz.

De repente vio a un hombre un poco más alto que la mayoría. Se abría paso entre la multitud e iba directamente hacia ella. Casi se tropezó. El corazón se le aceleró y apartó la vista de aquel hombre moreno al que odiaba, el hombre cuya imagen diabólica estaba grabada con fuego en su memoria. Era el abogado Cannavaro, el demonio que la había mandado a prisión, y estaba a unos metros de distancia.

Oyó la voz de Helen en su cabeza.

«Ten cuidado y confía en la mujer de éxito que llegarás a ser...».

Beth levantó la barbilla y siguió adelante. Por lo menos Helen había vivido lo bastante como para ver lo bien que le había ido, y no iba a defraudarla a esas alturas. Cannavaro jamás la reconocería. La inocente Jane Mason había muerto, y Beth Lazenby no era una tonta.

El cabello se le puso de punta en la nuca al pasar por su lado, no obstante. Por el rabillo del ojo vio que la observaba.

¿Acaso había titubeado un instante? No lo sabía con certeza, pero en el caso de que así hubiera sido, le daba igual. Siguió caminando, pero los recuerdos amargos la invadieron. ¿A cuántas personas inocentes habría mandado a la cárcel el malvado Cannavaro en los ocho años que habían pasado?

Recordó a la adolescente ingenua que alguna vez había sido, de pie ante ese tribunal, temblando de pies a cabeza. Cannavaro le había sonreído, y el tono amable de su voz le había dado esperanza. Le había dicho que tanto él como todos los presentes en el juicio solo querían averiguar la verdad... Y ella le había creído. Iba a ser su caballero andante, su salvador.

Pero Timothy Bewick y su amigo, James Hudson, mintieron. Y, cuando quiso darse cuenta de su error, ya era demasiado tarde. La habían declarado culpable.

La última vez que vio a Cannavaro fue cuando se la llevaron de los tribunales. La señorita Sims se reía y charlaba como si no hubiera pasado nada...

Dante Cannavaro se sentía bien. Acababa de conseguir un buen trato para su cliente, una empresa multinacional. Le hizo señas a su conductor para que se marchara y decidió irse andando hasta su apartamento. El deportivo de lujo que había pedido llegaría en menos de una hora. Una sonrisa de satisfacción se dibujaba en sus labios.

Mientras caminaba por la acera, una llamativa melena pelirroja llamó su atención. Se detuvo un instante. El coche ya no estaba en sus pensamientos. La joven llevaba un vestido gris por encima de la rodilla, una prenda insignificante que hubiera pasado desapercibida de haberla llevado cualquier otra mujer... Recorrió las curvas de su cuerpo con la mirada. Sus piernas parecían interminables.

Paró un momento. Se volvió cuando pasó por su lado. El sutil movimiento de sus caderas bastaba para causarles un ataque al corazón a los más débiles. Era preciosa, sexy... y él llevaba un mes sin estar con ninguna mujer.

Ellen.

Estaba comprometido con Ellen.

Como sus clientes estaban por todo el mundo, tenía oficinas en Londres, Nueva York y Roma, pero su verdadero hogar era su casa de La Toscana, el lugar que le había visto nacer.

Su tío Aldo, el hermano pequeño de su padre y director de Cannavaro Associates en Roma, había muerto en marzo de ese año y eso le convertía en el último Cannavaro varón que quedaba. Ya era hora, por tanto, de sentar la cabeza. El apellido Cannavaro debía continuar.

Siempre había dado por supuesto que algún día tendría hijos, pero en ese momento, a la edad de treinta y siete años, se veía obligado a cumplir con su deber familiar. Quería hijos, un heredero varón, y para ello había escogido a Ellen. Ella daba el perfil en todos los sentidos y además sentía un gran respeto por sus capacidades profesionales. Era inteligente, atractiva, le gustaban los niños... Y era abogada. Comprendía las exigencias del gremio. Juntos constituían una sociedad perfecta y el sexo era bueno entre ellos. La decisión estaba tomada y Dante Cannavaro era un hombre de palabra. Las otras mujeres estaban fuera de su agenda para siempre.

Pero esa pelirroja... La miró por segunda vez antes de seguir adelante.

Una hora más tarde, Beth sonrió mientras caminaba por la calle de casas en hilera de estilo eduardiano. Abrió la puerta de su apartamento y se quitó los zapatos. Se puso las zapatillas de estar en casa. El único varón que había en su casa se le acercó de inmediato y se frotó contra su tobillo.

–Hola, Binkie.

Se agachó y recogió al gato. Atravesó la casa completa y se dirigió al fondo, hacia la estancia más grande del apartamento: la cocina-comedor.

Soltó a Binkie, puso agua a hervir y sacó una lata de comida para gatos.

–Debes de estar muriéndote de hambre –le llenó el platito y lo puso en el suelo.

El gato se puso a comer rápidamente.

Beth se preparó una taza de café, le dio un sorbo y fue hacia la puerta trasera, situada a un lado de la cocina. Abrió y salió al patio.

Estaba muy orgullosa de su jardín, y las flores que había plantado eran una explosión de color. Caminó hasta el borde del césped, rodeado por una pared de ladrillos de algo más de un metro de altura.

Al otro lado del jardín había un enrejado fijado a la pared, completamente cubierto de jazmín y clemátide. Bebió otro sorbo de café y miró a su alrededor, satisfecha. El abogado demonio había sido desterrado de sus pensamientos para siempre. Regresó al patio y se sentó en una de las sillas de madera mientras se bebía su taza de café, admirando su trabajo.

Pero justo cuando empezaba a relajarse, apareció su vecino, Tony. Se inclinó sobre la verja. Tony era de constitución fuerte. Tenía el pelo rubio y corto y acababa de cumplir veintitrés años. Su carita regordeta lo delataba. Beth se sentía muchísimo mayor que él y que su compañero de piso, Mike, aunque solo les llevara cuatro años. Los chicos trabajaban en el mismo banco y disfrutaban de la vida como solo dos veinteañeros podían hacerlo.

–Hola, Beth. Te he estado esperando. ¿Te importa si me quedo contigo un rato?

Sin esperar respuesta alguna, Tony cruzó la puerta de la verja.

–¿Qué es esta vez? ¿Azúcar? ¿Leche? ¿O quieres que te invite a comer? –le preguntó Beth en un tono seco.

El chico se sentó a horcajadas en una silla y apoyó las manos en el respaldo.

–Por una vez, no es ninguna de esas cosas –sonrió de oreja a oreja–. Pero no me vendría nada mal un poco de sexo, si te apetece –añadió con una sonrisa pícara.

Beth no pudo evitarlo. Se echó a reír y sacudió la cabeza.

–Ni lo sueñes, Tony Hetherington.

–Eso pensaba. Pero había que intentarlo –dijo. Sus ojos azules brillaban–. Pero, bueno, vayamos al grano. ¿Estás en casa este fin de semana o te vas a la casa de campo de nuevo?

–No. Voy a estar aquí las próximas dos semanas y después me voy a tomar unas vacaciones de tres semanas. Tengo que ir a la casa de la playa y empezar con la decoración. Con un poco de suerte podré hacer algo de surf. Espero que me cuides la casa, como siempre. ¿Todavía tienes la llave de repuesto?

–Sí. Claro. Desde luego. Pero, volviendo a mi problema... Como sabes, el lunes fue mi cumpleaños y cené con mis padres. ¡Qué aburrimiento! El caso es que el sábado doy una fiesta para todos mis amigos, ¡y estás invitada! Nos faltan mujeres, así que dime que vendrás, por favor.

–¿Por qué no me siento halagada con la invitación? –le preguntó Beth en un tono de humor–. Contribuir a cuadrar los números ya es bastante patético, pero también recuerdo tu última fiesta, en Navidad, cuando terminé sirviendo la comida y la bebida. ¡Aquel día acabé echando a los invitados después de que Mike y tú os desmayarais! Por no mencionar todo lo que tuve que limpiar después...

Tony se rio.

–Fue un día desafortunado. Pero fue una fiesta genial y esta vez va a ser distinto. Te lo prometo. Para empezar, va a ser una barbacoa. Los invitados llegan a las cuatro y se quedan hasta tarde. Estaremos fuera, así que no habrá nada que limpiar.

–¡Ah! Entiendo. Entonces, lo que realmente me estás preguntando es si puedes usar mi jardín, ya que es el doble de grande que el tuyo, ¿no?

–Bueno, eso también, sí. Pero lo más importante es que Mike está haciendo una lista de toda la comida que vamos a necesitar. Personalmente, creo que con unas cuantas docenas de salchichas, hamburguesas y un poco de ensalada sería suficiente, pero ya sabes cómo es Mike... Se cree que es un gran cocinero. No hace más que hablar de pollo rebozado, kebabs especiales, pescado y no sé qué relleno... En cuanto a las ensaladas, le dices cualquier cosa y lo hace. Tienes que ayudarme, Beth –le dijo, mirándola con ojos de cachorro tierno.

–Eres un gran actor. Pero esos ojitos de niño bueno no funcionan conmigo.

–Lo sé, pero merecía la pena intentarlo –el chico sonrió–. Oye, de verdad que necesito tu ayuda. El mes pasado tuvimos una barbacoa, el fin de semana que te fuiste. Y fue un desastre. Mike estuvo a punto de envenenar a la gente con el lomo de cerdo relleno. Los chicos del banco no hacen más que hablar del tema. Nos lo van a recordar durante toda la vida.

–Oh, Dios mío. No me digas –exclamó Beth, riéndose.

–Oh, sí. Sí que lo hizo –dijo Tony, poniéndose en pie–. Y cada vez que pienso en ello... Me doy cuenta de que ese es el motivo por el que nos faltan mujeres esta vez. ¿Qué chica en su sano juicio va a arriesgarse a sufrir una intoxicación alimenticia?

–Muy bien. Muy bien. Iré a ayudarte –dijo Beth. No podía parar de reír–. Pero la condición es que la barbacoa se haga en tu jardín. No quiero que me queméis las plantas, lo cual seguramente pasará si los dos estáis al mando. Los invitados pueden venir a mi jardín a comer, beber... Lo que sea. Pero mi apartamento está fuera del lote, ¿entendido?

–Sí, preciosa. Podemos poner los botellines de cerveza en tu patio –sonrió de oreja a oreja y cruzó hacia su lado del jardín–. ¡Y gracias! –exclamó, alejándose.

Entró en su apartamento.

A las siete de la tarde del sábado el sol brillaba en un cielo azul y claro. Una sonrisa relajada se dibujaba en los labios de Beth. Miró a su alrededor. El jardín estaba lleno de gente. Algunos bebían, otros comían, charlaban, bailaban al ritmo de la música... Había unos cuantos invitados más en el piso superior, en el apartamento de los chicos. La cerveza y el vino blanco estaban en dos enormes contenedores llenos de hielo, situados justo debajo de la ventana de la cocina de Beth.

Había cerrado la puerta de atrás, por precaución, y tenía la llave en el bolsillo de los vaqueros.

–¿Estás sola, Beth?

Tony, algo borracho ya, la agarró de la cintura.

–Eso está muy mal. Gracias a ti, Mike se olvidó de esos platos creativos de alta cocina. La barbacoa está yendo genial y la fiesta también. Tómate algo.

Sonriendo, Beth sacudió la cabeza.

–Ya sabes que no bebo.

–Bueno, voy a buscar otra cerveza. Te veo luego.

Tony la soltó, dio media vuelta y entonces se detuvo de repente.

–¡No me lo puedo creer! –exclamó, agarrándola de la cintura de nuevo–. ¡Mi hermanito mayor está aquí! Le dejé un mensaje en su despacho de Londres, para invitarle, pero jamás pensé que se presentaría. Es abogado, uno de esos intelectuales intensos. Habla seis idiomas y viaja por todo el mundo por su trabajo. En realidad, es un adicto al trabajo. Llevo sin verlo desde el año pasado, pero mi madre me dijo que por fin se ha comprometido, hace un par de meses. Supongo que la mujer que le acompaña debe de ser su prometida.

–No sabía que tuvieras un hermano –dijo Beth, mirando con curiosidad.

De repente sus ojos se clavaron en alguien. Se quedó quieta, helada.

Unos ojos duros la atravesaron de lado a lado durante una fracción de segundo. Era un rostro hermoso, de rasgos fieros, un rostro que conocía bien... El hombre desvió la mirada rápidamente y miró con una sonrisa a la mujer que iba a su lado. El miedo atenazó a Beth durante unos segundos. Mike acababa de recibir a la pareja. Entraban en el jardín en ese momento. De repente el muchacho señaló a Tony.

Cannavaro.

El hombre se dirigió hacia ellos. Beth le vio acercarse casi a cámara lenta. Un escalofrío la recorrió por dentro.

Llevaba el pelo más largo. Casi le rozaba el cuello blanco de la camisa. Despedía una frialdad lacerante que no dejaba indiferente. No había duda alguna. Era él.

Llevaba ocho años sin verle. Gracias a la ayuda del abogado de Helen, Clive Hampton, había conseguido establecerse en Londres, y era fácil pasar desapercibida entre millones de personas.

No podía ser posible. ¿Cannavaro era el hermano de Tony? Para empezar, era mucho más alto que él, y no se parecía en nada. Tony tenía un rostro fresco, radiante, y vivía la vida entre risas. Cannavaro, por el contrario, tenía el cabello negro, la piel bronceada y un rostro cruel, arrogante. Además, no tenían el mismo apellido.

–No os parecéis en nada –le dijo a Tony en un tono cauto.

–Misma madre. Padres diferentes. Yo salí a mi padre. Mi madre es italiana. Se había quedado viuda cuando mi padre la conoció en Italia. Por aquel entonces, Dante tenía trece años. Se casaron muy rápido y él se la trajo a Inglaterra. Dante fue al colegio y a la universidad en Italia y en Inglaterra, así que solo nos veíamos en vacaciones... Nosotros pasábamos la mitad del verano en la vieja casa de mi madre en Italia. Mi madre y mi padre siguen yendo, pero yo llevo muchos años sin ir. Verme atrapado en mitad del campo no es lo mío, pero a Dante le encanta ir. De hecho, ahora la casa es suya. Heredó el patrimonio de su padre, un montón de dinero, y la mitad del bufete de la familia.

Las cosas eran muy sencillas. Eran hermanos. Beth sintió un horror repentino. Todo su cuerpo se tensó.

—Nos llevamos catorce años, y yo siempre le he admirado mucho. Dante lo tiene todo. Es alto, guapo, está muy en forma y tiene muchísimo dinero. No le hace falta trabajar ni esforzarse tanto. No hago más que decírselo, pero él no me hace caso. Es demasiado cerebral, pero es muy buen tipo cuando llegas a conocerle bien, y las mujeres le adoran. Te lo presentaré.

—No —dijo Beth con brusquedad—. Seguro que tenéis mucho de qué hablar, y yo tengo que darle de comer a Binkie.

Trató de escabullirse, pero Tony la agarró de la cintura con más fuerza y no la dejó moverse.

—El gato puede esperar. Hazme un favor, Beth, y sígueme la corriente. Con una belleza como tú colgada del brazo, le gano a mi hermano, aunque solo sea por una vez. Tiene una larga lista de bellezas en su currículum, pero siempre se calla los tantos que se apunta. Si te digo la verdad, me sorprende que haya decidido casarse. Su prometida es muy guapa, pero no te llega ni a la suela de los zapatos.

Beth no tuvo tiempo de negarse.

—Me alegro de verte, Tony —dijo Cannavaro de repente.

Su voz era grave, intimidante.

–Y yo también, Dante. Me sorprende que hayas venido –Tony sonrió y le estrechó la mano a su hermano–. Y esta es tu novia, ¿no? Mamá me lo dijo –miró a la joven con una sonrisa.

Dante Cannavaro procedió a hacer las presentaciones.

–Ellen, este es mi hermano pequeño, Tony.

–Me alegra conocer a la mujer que ha conseguido domar a mi hermanito –dijo el chico con una sonrisa.

Soltó a Beth y se la presentó a la chica.

Beth le estrechó la mano a Ellen. De repente casi llegó a sentir pena por la pobre muchacha. Parecía tener unos treinta y pocos. Llevaba el cabello peinado de peluquería y su maquillaje era perfecto. Sonreía, pero había condescendencia en su mirada. La ropa de Beth, comprada en unos grandes almacenes, no pasaba inadvertida para ella.

Beth dejó de sentir simpatía por ella de inmediato.

–Enhorabuena por el compromiso. Os deseo que todo vaya bien –dijo, manteniendo la sonrisa plástica–. ¿Ya has escogido el traje? –preguntó con entusiasmo.

El vestido de novia le traía sin cuidado, pero así podría retrasar un poco más el encontronazo con Dante Cannavaro.

Era él quien la había mandado a la cárcel tantos años antes; un infierno que casi le había costado la vida durante la primera semana. Como había sido condenada por tráfico, un grupo de mujeres creía que tenía los contactos para suministrarles drogas. La arrastraron hasta las duchas y le quitaron toda la ropa. Le cortaron el pelo y le dijeron que la próxima vez sería la garganta...

De no haber sido por Helen, hubiera perdido la vida. Su amiga y compañera la convenció para que se cambiara el nombre y la ayudó a hacerlo.

Sin embargo, curiosamente, las mujeres que le cortaron el pelo aquel día también la ayudaron. Ella era pelirroja natural, pero los niños siempre se habían metido con ella en el colegio. Y el acoso no había hecho más que ir a peor a medida que superaba a todos sus compañeros en altura.

Cuando tenía catorce años, su familia se mudó a Bristol por el trabajo de su padre y su madre le dijo que se tiñera el pelo de negro antes de empezar en el nuevo colegio. Beth decidió hacerlo y el acoso cesó, pero las cosas cambiarían durante su primer año en la universidad.

Ese año sus padres murieron en un crucero que se hundió cerca de la costa de Italia. No eran sus padres biológicos, pero la habían querido con locura desde que era un bebé. De repente, Jane Mason se encontraba sola en el mundo, sin nadie a quien recurrir, sin saber quiénes eran sus verdaderos padres... Pero el día que salió de la cárcel, tras haber cumplido un año y medio de la sentencia, estaba casi irreconocible. Su cabello había vuelto a ser rojo y su cuerpo se había estilizado, endurecido.

Jamás volvería a ser aquella joven ingenua. Esa chica dulce y risueña había muerto.

Capítulo 2

DANTE Cannavaro no estaba de buen humor.
Ellen había estado en su apartamento esa mañana y, tras un mes sin verla, le había mencionado lo de la barbacoa de su hermano. Ella todavía no conocía a Tony y Dante estaba pensando en pedirle que fuera el padrino en su boda.

Pero a ella no le había parecido bien ninguna de las dos cosas. Las barbacoas no le gustaban y estaba empeñada en que el padrino fuera su abogado o alguno de sus socios.

Al final, no obstante, accedió a asistir, pero solo si iban pronto, para tener tiempo de cenar en su restaurante favorito después. ¿Desde cuándo tenían un restaurante favorito?

Ellen pasó una hora hablando del tema y, en algún momento durante el viaje en coche, Dante desconectó. Era mejor dejarla hablar sin más.

Miró a la llamativa pelirroja que estaba junto a Tony. Había algo en ella que le inquietaba. Había oído que la llamaban Beth, pero no recordaba haber conocido a ninguna Beth en el pasado. Y, sin embargo, había algo en ella que le resultaba muy familiar. De pronto los rayos del sol se reflejaron en su cabello y entonces se dio cuenta. Era la mujer que había visto en la calle unos días antes.

Dante apenas oyó la conversación siguiente. Su oscura mirada estaba fija en ella. Reparó en la curva de sus pechos por debajo de la camisa de seda color limón que llevaba puesta. Esos vaqueros blancos ceñidos le moldeaban las caderas y las piernas. Volvió a contemplar ese rostro color marfil. Tenía los pómulos altos y el cabello le caía sobre los hombros. Finalmente se fijó en sus enormes ojos verdes. Sentía curiosidad por saber quién era, y qué relación tenía con su hermano.

–Beth, este es mi hermano, Dante.

Tony hizo las presentaciones y Beth no tuvo más remedio que mirar a Cannavaro.

Él le ofreció la mano.

–Un placer –dijo.

Ella le miraba con ojos fríos. Sus dedos le tocaron durante una fracción de segundo. Parecían de terciopelo.

Dante sintió un calor repentino que le invadía por dentro. Ella se había dado cuenta también y su mirada la delataba. Bajó los párpados y apretó los labios. Había hostilidad en ella. Era evidente que no quería estrecharle la mano.

Él nunca había sido un hombre engreído, pero esa no era la respuesta que obtenía de las mujeres normalmente. La joven que tenía delante no le había visto jamás, pero estaba claro que no le caía bien.

–Encantada –dijo Beth, pero no quiso usar su nombre.

Los dedos le ardían de haberle tocado la mano. Dio un paso atrás, sorprendida de que pudiera afectarla tanto. Su presencia física, poderosa y ominosa, provocaba una reacción instantánea.

–Estoy pensando en seguir tus pasos, Dante –Tony agarró a Beth de la cintura y la atrajo hacia sí–. Quiero pedirle a Beth que se case conmigo. ¿Qué te parece?

Beth, sorprendida, miró al joven. ¿A qué estaba jugando?

–Beth es una chica encantadora. No me cabe duda –Dante esbozó una cínica sonrisa.

Había conocido a muchas mujeres y era evidente que la chica era algo mayor que su hermano. Quizás no le llevara muchos años, pero estaba claro que sí tenía más experiencia en la vida. A lo mejor, lo que más le interesaba de todo era su dinero. Su hermano trabajaba en el banco de su padre, Harry, e iba a heredar una fortuna.

Beth sintió que se le helaba la sangre. Los siniestros ojos de Dante Cannavaro la encontraron de repente. Reconocía el cinismo que había en su sonrisa, pero años antes no había sido capaz de verlo, y eso había sido su perdición. La rabia y el resentimiento crecieron.

–Pero acabas de cumplir veintitrés, Tony. ¿No es un poco pronto para hablar de matrimonio? –le preguntó Dante. Había visto rabia en la mirada de la chica y sus sospechas se confirmaban.

Era lo bastante adulta como para saber que un hermano mayor era una posible amenaza.

–El matrimonio es un negocio caro, sobre todo para un hombre que acaba de empezar con su carrera.

Su tono de voz jocoso no aplacaba la furia que bullía dentro de Beth. No era de extrañar que Tony quisiera ganarle por una vez a su arrogante y despreciable hermano. De repente, decidió ayudarle.

–Oh, no sé. El dinero no lo es todo –le lanzó una

mirada desafiante a Cannavaro y entonces miró a Tony con ojos de ángel–. ¿No es así, cariño?

–Ya veo que lo has entendido muy bien –dijo Tony. Entusiasmado con el juego, le dio un beso en los labios–. ¿No es increíble, hermanito?

–Sí –dijo Dante en un tono seco. Por alguna extraña razón, ese beso le había irritado sobremanera.

Miró a Beth un instante y captó ese brillo que le iluminaba los ojos. No era pasión por Tony. Era un desafío dirigido contra él.

Y a Dante nada le gustaba tanto como un desafío, pero había algo en esa pelirroja que disparaba todas las alarmas. Era como si la conociera, pero... ¿Dónde podría haberla visto antes?

Necesitaba tiempo para pensar. Cambió de tema.

–¿Qué tal si tomamos una copa, Tony? Se supone que esto es una fiesta. Me tomaré un refresco mientras conduzco –miró a su prometida–. ¿Vodka con tónica para ti, Ellen?

–Yo voy a buscar las bebidas, Tony –dijo Beth. El corazón se le salía del pecho.

Seguirle el juego a Tony para incomodar a su hermano había sido una estupidez. Se había dejado llevar por la rabia y había llamado su atención; un gran error.

–Tú quédate con tus invitados. Seguro que tenéis muchas cosas de las que hablar con una boda a la vuelta de la esquina.

Tony le dio un beso en la mejilla y la dejó marchar.

–Gracias. Eres una joya. Tráeme una cerveza, ¿sí?

Beth asintió y se alejó, aliviada. Sacó una lata de cerveza del cubo con hielo y entró en la cocina.

Reconoció a un par de amigos de Tony del banco y charló un poco con ellos mientras preparaba las bebidas. Las puso sobre una bandeja.

–¡Necesito más comida!

Mike apareció de repente.

–Comen como caballos.

Beth vio su tabla de salvación en él.

–Te veo agobiado, Mike –le entregó la bandeja–. ¿Por qué no te preparas una bebida y le llevas esto a Tony? Relájate y disfruta de la fiesta. Yo me ocupo de la barbacoa. No hay problema.

–Eres un ángel –Mike sonrió de oreja a oreja.

Beth dudaba mucho que Cannavaro y su prometida quisieran comer algo de la barbacoa. Ellos debían de ser de restaurante de cinco estrellas, así que, con un poco de suerte, conseguiría esquivarlos durante el resto de la tarde.

Tony vio marchar a Beth con ojos indiscretos. Se volvió hacia Dante y vio que hacía lo mismo.

–Entonces, ¿cuándo te casas, hermanito? –le preguntó con malicia–. A tu edad no querrás seguir jugando.

Antes de que Dante pudiera decir nada, Ellen se echó a reír y se enfrascó en una larga disertación acerca de lo difícil que era conseguir fecha en la iglesia deseada, el lugar para el convite...

La mirada de Tony se fue nublando paulatinamente gracias al alcohol. Era evidente que se aburría mucho.

Al final Ellen concretó una fecha para septiembre.

–Muy bien –dijo Tony–. No olvidéis mandarme

la invitación. Traeré a Beth. Con un poco de suerte, se animará a seguir vuestros pasos.

−¿Y eso es buena idea? Los invitados van a ser todos de la familia, amigos allegados... Y, aunque Beth parece muy buena chica, ¿desde cuándo la conoces?

−Desde que nos mudamos a esta casa, hace dieciocho meses. Es una chica encantadora y una gran cocinera. No sé qué haría sin ella. ¿No es así? −le preguntó a Mike, que llegaba en ese momento con las bebidas.

−Sí. Es una joya, sobre todo para ti, colega. Y, teniendo en cuenta que estamos en su jardín, que ha hecho casi toda la comida y que se ha ofrecido a vigilar la barbacoa para que yo pueda pasarlo bien, yo diría que es indispensable. Además, la fiesta ha subido de nivel con ella.

Dante siempre se había preguntado por qué su hermano se empeñaba en vivir en un sitio como ese, pero ya lo sabía por fin. Estaba encaprichado de esa chica. Con unas cuantas preguntas bien escogidas, pronto recopiló suficiente información acerca de Beth Lazenby. Tenía veintisiete años y trabajaba como contable para una prestigiosa empresa en el centro de Londres. Tenía una casita junto al mar y vivía en el apartamento de la planta baja, demasiado cerca de Tony.

Miró hacia la barbacoa. Ella estaba allí, de pie, repartiendo platos entre un grupo de hombres que se agolpaba a su alrededor. Ninguno le quitaba la vista de encima. A lo mejor era ese el problema. Era alta y extraordinariamente atractiva. Pocos hombres se molestarían en mirar más allá de su aspecto físico. Era una contable de lo más atípica. Con su aspecto y la altura, bien podría haber sido modelo, aunque esos pechos llenos y firmes quizás fueran demasiado para la pasarela.

–Dante, cariño.

La voz de Ellen le hizo salir de sus pensamientos.

–Tengo ganas de bailar –le agarró del brazo y sonrió.

–No me gusta esta clase de baile, pero lo voy a intentar.

Ellen era la mujer hermosa e inteligente que había escogido para que fuera su esposa. Dante hizo un esfuerzo por tenerlo presente en todo momento. Ya era hora de dejar de preocuparse por la pelirroja. Ellen había ido a la barbacoa para complacerle, y bailar con ella era lo menos que podía hacer.

Julian, el último hombre que quedaba junto la barbacoa, no paraba de hablar de la Bolsa y se reía mientras describía su última hazaña en los mercados. Beth escuchaba por cortesía, pero tenía la mente en otro lado. No hacía más que mirar de reojo hacia la gente que bailaba en el patio. Sus ojos se clavaban en el hombre más alto de todos. Para ser tan corpulento no se movía mal, aunque lo que realmente estaba haciendo era permitirle a su prometida que bailoteara a su alrededor.

«Qué tonta», pensó Beth.

La experiencia la había hecho comprender que la mayoría de hombres era una pérdida de tiempo. Lo único que quería era entrar en casa, acariciar a su gato y meterse en la cama. Pero no quería atravesar la multitud de bailarines.

La música paró y Mike se le acercó, sonrojado y sonriente. Estaba claro que lo había pasado muy bien.

–Lo siento, Beth. No quería dejarte tanto tiempo, pero como todavía es de día, no me di cuenta de la hora que es. Tony ha ido a cambiar la música. Vete y disfruta un poco. Yo me ocupo de recoger.

Para Beth la velada se había convertido en la noche más larga de toda su vida, y era el momento perfecto para escapar. La gente iba hacia las bebidas y el camino que conducía hasta la puerta de atrás de su apartamento estaba casi despejado.

Pero la música empezó a sonar de nuevo cuando estaba a unos pocos metros de la puerta. De repente Cannavaro le cortó el paso. Quería retroceder, pero el orgullo no la dejaba.

–¿Bailas? Tony está bailando con Ellen y así podremos conocernos un poco mejor. A lo mejor algún día llegamos a ser familia.

Beth se puso tensa. Levantó la vista. Los ojos del abogado no era negros, sino color melaza, oscuros y dorados al mismo tiempo. De repente pensó que, si caía en ellos, quedaría atrapada para siempre. Un extraño pensamiento... Respiró profundamente.

–No creo que eso llegue a pasar. Tony estaba de broma –logró decir en un tono calmo–. Pero... Sí. Si insistes, bailaré contigo.

–Oh, insisto, Beth –dijo, pronunciando su nombre con suavidad. La agarró de la cintura, mirándola.

Le sujetó la mano y la atrajo hacia sí, pero Beth no estaba preparada para la sensación que se apoderaba de ella por momentos. Sintió un escalofrío, un estremecimiento. De alguna manera, su cuerpo se movía en sincronía con el de él. Seguía sus movimientos de forma automática.

–Eres una joven encantadora, Beth. ¿Qué hombre no insistiría? –añadió en ese tono de seda que tan bien recordaba Beth.

–¿Está intentando flirtear conmigo, señor Cannavaro? –le preguntó ella, olvidando sus buenas intenciones–. Un hombre comprometido como usted... –añadió, dedicándole una mirada maliciosa.

Una expresión de desconcierto se dibujó en el rostro de Cannavaro durante una fracción de segundo. Sus ojos la taladraron y su mano subió un poco más por su espalda. Tiró de ella y la hizo pegarse aún más.

–No, Beth. Solo decía la verdad. Pero si estuviera flirteando contigo, no tendría que esforzarme mucho. Has temblado cuando te he tomado entre mis brazos y te has ablandado. Hay una atracción entre nosotros. Desafortunadamente la hay, pero no se puede hacer nada al respecto, dadas las circunstancias... Sin embargo, también siento algo más. Parece que me tienes miedo, que te caigo mal incluso, y me pregunto por qué. ¿Seguro que no nos hemos visto antes?

Beth sentía el roce de sus muslos. La temperatura subía y tenía que hacer un gran esfuerzo para sostenerle la mirada.

–Tiemblo porque hace fresco ahora –dijo–. Y, no. No nos hemos visto antes. Ni siquiera sabía que Tony tenía un hermano. Nunca te ha mencionado.

Dante se detuvo y la dejó dar un paso atrás.

–¡Interesante! –arqueó una ceja. No podía evitar fijarse en sus pezones. Se le marcaban en la camisa.

La encantadora Beth mentía en unas cuantas cosas. Tendría que haber dado por sentado que su apellido sería Hetherington, pero le había llamado «señor Cannavaro», aunque su apellido no hubiera salido a colación durante las presentaciones. ¿Cómo sabía cuál era su apellido si no le había visto antes?

El misterio de Beth Lazenby no hacía más que crecer por momentos. Escondía algo... ¿Pero qué podía ser?

–Te devuelvo a tu prometida, hermanito. Está cansada de bailar conmigo, o a lo mejor es el vodka que le he dado. Quiere irse a casa –Tony sonrió, tambaleándose. Se agarró a Beth.

Definitivamente, había bebido demasiado.

–Gracias, Tony –dijo Dante, rodeando a Ellen con el brazo. Su expresión era sombría.

Les dio las buenas noches, se despidió de Beth con un gesto y se marchó.

La joven respiró por fin. Ignorando a Tony, entró en su apartamento y cerró con llave. Se apoyó contra la puerta y trató de calmarse un poco. Era difícil recuperar la compostura.

Binkie apareció en ese momento. Lo tomó en brazos y se lo llevó al salón. Las rodillas le temblaban. Se sentó en el sofá con un suspiro y colocó al gato sobre su regazo.

Cannavaro era el hermano de Tony... La realidad se imponía por fin.

Todo el mundo tenía días malos, pero el que acababa de terminar había sido algo más que un día malo. Miró a su alrededor y contempló la acogedora habitación que constituía su refugio. Reparó en dos fotos que estaban sobre la repisa del hogar. Una era de sus padres y la otra era de Helen, su amiga del alma. Los tres estaban muertos... Las lágrimas se agolparon en sus ojos.

Clive Hampton, el abogado de Helen, se había convertido en su amigo y mentor con el tiempo, y era lo más cercano que tenía a una familia. Gracias a él, había conseguido el empleo en la empresa de contabilidad.

Hablaban a menudo por teléfono. Solía ir a verle a su casa de Richmond, y habían quedado al día siguiente para comer. Clive ya pasaba de los sesenta y empezaba a pensar en retirarse. Podía hablar con él de cualquier cosa, pero no quería mencionarle nada acerca de Cannavaro. Era algo demasiado personal. Ni siquiera se lo había comentado a Helen en su momento.

Cansada, apoyó la cabeza en el sofá y cerró los ojos. Llevaba mucho tiempo sin sentirse tan sola como en ese momento, no desde aquel día, cuando había temblado de miedo en los tribunales... Ese hombre arrogante y detestable llamado Cannavaro era el responsable de nuevo.

Ojalá hubiera podido decirle a la cara lo que pensaba de él... Pero no era una buena idea. Era un hombre muy peligroso. Lo que tenía que hacer era asegurarse de no volver a verle nunca más, y si para ello tenía que mudarse, estaba dispuesta a hacerlo. Tony le había dicho que no veía a su hermano desde el año anterior, así que con un poco de suerte tendría algo de tiempo para tomar una decisión.

Binkie se movió y se estiró sobre su regazo. Suspirando, Beth se puso en pie.

—Vamos, Binkie. Te daré de comer y luego me iré a la cama.

Las horas pasaron a cámara lenta. No hacía otra cosa que dar vueltas en la cama, reviviendo el momento en el que había sentido sus brazos alrededor mientras bailaban. Nunca había reaccionado ante un hombre como lo había hecho con Cannavaro. Había conocido a muchos hombres a lo largo de esos años, y muchos le habían pedido una cita, pero ella casi nunca aceptaba.

¿Podía ser algo más que odio esa ofuscación que le provocaba el abogado? El primer chico que la había besado había sido Timothy Bewick, y cuando Cannavaro la había interrogado en los tribunales, había insinuado toda clase de cosas acerca de ese beso. La había descrito como a una *femme fatale*, y el jurado le había creído.

Cuando salió de la cárcel, no quería saber nada de los hombres. Su amiga Helen seguía en prisión, cumpliendo una sentencia de veinte años por haber matado al marido que le había pegado durante toda la vida.

Helen pasó muchos años soportando sus arrebatos de violencia, pero cuando le vio arremeter contra su hija, Vicky, decidió divorciarse de él por fin. Sin embargo, cinco años más tarde, la niña murió mientras estaba en la casa de su padre. Según él, se había llevado un golpe en la cabeza a causa de un resbalón, y las autoridades le creyeron. Esa fue la gota que colmó el vaso para Helen. Le atropelló con su todoterreno justo delante de su casa de Londres.

Casi todas las mujeres que cumplían sentencia en la cárcel estaban allí por culpa de un hombre, un hombre que les había dicho lo que tenían que hacer. Mulas, prostitutas, ladronas...

Beth tomó el aliento. Tenía que mantener al señor Cannavaro lo más lejos posible. Su casita de Faith Cove era el único lugar en el que podía ser ella misma...

Cuando logró dormirse por fin, la pesadilla que no había tenido durante muchos años regresó para torturarla. Estaba en el juzgado, con un hombre apuesto, vestido de negro. El hombre la atormentaba, tergiversaba todas sus palabras. Y finalmente sonreía. Su voz profunda y sus ojos insondables la embelesaban, y entonces el sueño se convertía en algo erótico. Unos brazos firmes la sujetaban, y unos labios sensuales la devoraban, unas manos la acariciaban sin tregua...

Gritó y se despertó de golpe. El corazón le retumbaba en el pecho.

Al día siguiente, Beth condujo hasta Richmond para almorzar con Clive y le contó todo lo que estaba pensando hacer. Clive estuvo de acuerdo en todo.

Era hora de dejar Londres.

Se mudaría a Faith Cove y reformaría la casita que Helen le había dejado tras su muerte. Tenía grandes planes para la casa. Era una vivienda amplia, con seis dormitorios, y solía alquilarla a familias. Para empezar, haría un apartamento de tres habitaciones en la buhardilla del garaje situado en la parte de atrás de la propiedad. Así podría seguir alquilando la casa en verano sin tener que trasladarse a otro sitio. Seguiría trabajando como contable por cuenta propia, y a lo mejor incluso podría convertir parte del garaje en una tienda para surfistas. Eso le daría más independencia.

Dante Cannavaro entró en su despacho el lunes por la mañana con cara de pocos amigos. Se sentó frente a su escritorio y se puso en contacto con la empresa de seguridad a la que solía recurrir cuando necesitaba una investigación exhaustiva para sus clientes.

Unos minutos más tarde, se recostó en el cómodo respaldo de cuero de su silla de ejecutivo. Sus pensamientos no estaban en el trabajo, sino en cierta pelirroja que le traía de cabeza. Había puesto en marcha la maquinaria de inteligencia para averiguar quién era en realidad Beth Lazenby.

La señorita Lazenby, además, le había estropeado los planes del fin de semana, y un montón de cosas más, por no mencionar sus planes de futuro. Había llevado a Ellen de vuelta a su apartamento el sábado por la noche, pero no se había acostado con ella porque había bebido demasiado. Su prometida se había ofendido y le había echado la culpa por haberla llevado a la fiesta de su hermano. Le había dicho que era un arrogante, un sinvergüenza que se atrevía a mirar a otra mujer en su presencia. Le había echado en cara que no la amaba y había utilizado un montón de palabras que no eran parte de su vocabulario habitual.

La discusión había terminado apoteósicamente. Ellen había cancelado la boda y le había tirado el anillo a la cara.

Dante, por su parte, había vuelto a casa de muy mal humor, y había pasado tres noches en vela, hechizado por esa mujer misteriosa. Tenía que recordarse a sí mismo que ya no era ese hombre que sentía la necesidad de acostarse con todas las mujeres deseables que pasaban por su vida. Sin embargo, seguía pensando que conocía a Beth...

Miró el reloj. Había reservado un vuelo para Nueva

York y salía a mediodía. Pasaría varias semanas en la Gran Manzana. Llamó a su conductor para que fuera a recogerle y se puso en pie. Había una expresión implacable en sus ojos.

Cuando regresara a Inglaterra, se ocuparía de Beth Lazenby personalmente. No iba a permitir que se casara con Tony.

Un segundo antes de entrar en el coche, se paró en seco y sacó el teléfono para llamar a su hermano. Tony era lo bastante impulsivo como para casarse con una mujer a la que apenas conocía.

–Dante... ¿A qué debo el honor de tu llamada? Nunca me llamas, y mucho menos durante horas de trabajo.

–Quiero que sepas que Ellen y yo hemos roto. La boda ha sido cancelada y yo me voy a los Estados Unidos por un tiempo.

–Lo siento, pero tengo que decir que no me sorprende. De hecho, le dije a Beth que me sorprendía que te hubieras comprometido. ¿Por qué conformarse con una cuando puedes elegir, hermanito?

Dante le oyó reírse a carcajadas e hizo una mueca.

–Sí, bueno, he aprendido la lección. Pero sé lo impulsivo que eres, y no quiero que vayas a cometer un error parecido.

–¿Qué? Eso suena fatal.

–No. Solo quiero que seas cauto... Ya he conocido a unas cuantas de la calaña de Beth... Una mujer hermosa que seguro que sabe que tu padre es dueño de un banco. Solo le interesa tu dinero.

Tony se rio estrepitosamente.

–Ah, Dante, de verdad que me cuesta creer que hables en serio. Y, en cuanto a Beth, me da igual si sabe que mi padre tiene un banco o no. Ya la has visto. ¡Es un bombón! ¿De verdad crees que a un hombre con sangre en las venas que tenga la suerte de poder tener a Beth en su cama le va a importar el dinero lo más mínimo? Debes de estar haciéndote viejo, hermanito, pero no te preocupes. No voy a hacer nada que tú no harías... *Ciao* –dijo y colgó.

Dante volvió a guardarse el móvil, sintiéndose como un completo idiota. Las palabras de Tony le hacían preocuparse aún más...

Capítulo 3

ERA un día de mucho calor y el cabello de Beth, cuidadosamente alisado, ya empezaba a rizarse mientras buscaba. La cocina parecía un horno.

–¡Te tengo! –gritó con entusiasmo, tomando a Binkie en brazos.

Le llevó al vestíbulo y cerró la puerta de la cocina con la cadera. Tenía el equipaje en el maletero desde hacía horas, pero Binkie se resistía a marcharse. El viaje hasta Devon duraba cinco horas y quería salir a la una. Ya eran las tres, pero con un poco de suerte conseguiría llegar antes del anochecer.

Miró el trasportín que estaba en el pasillo. A Binkie no le gustaba viajar, y por eso le había costado tanto sacarle de debajo de los muebles de la cocina.

Había avisado en el trabajo el lunes por la mañana, y como todavía le quedaban tres semanas de vacaciones, no tenía que volver a la oficina. Había hablado con Tony la noche anterior, pero no le había dicho que se iba de forma permanente. Ya se lo diría cuando volviera a limpiar el apartamento. Tony le había dicho que le cuidaría la casa y también le había contado que el compromiso de su hermano se había roto. Dante se había ido a trabajar a los Estados Unidos...

La noticia era música para los oídos de Beth. Seguramente se había preocupado demasiado. Pero en el fondo estaba contenta de haber tomado la gran decisión de marcharse de la ciudad, y todo había sido gracias a la inesperada aparición de Dante Cannavaro.

–Deja de moverte –le dijo al gato, metiéndole en el trasportín.

De repente oyó que tocaban al timbre, pero estaba demasiado ocupada con el felino. Se inclinó hacia delante para que el gato no pudiera escapar y cerró la tapa.

–Ya voy. ¡Ya voy!

El timbre sonaba y seguía sonando.

Se puso en pie y fue hacia la puerta. Debía de ser algún vendedor.

Abrió y la sonrisa se congeló en sus labios.

Un hombre serio y siniestro, con un traje de raya diplomática y cara de pocos amigos, la taladraba con la mirada. Tenía la chaqueta abierta y la camisa blanca que llevaba debajo no estaba abotonada hasta arriba.

Beth sintió que se le agarrotaba el estómago. Era el hombre al que odiaba con todas sus fuerzas, el hombre que frecuentaba sus sueños. Cannavaro...

Dante había recibido el informe acerca de Beth Lazenby una semana antes, mientras estaba en Nueva York, y lo que había leído en él había confirmado todas sus sospechas. Había llegado a Londres esa misma mañana. Se había dado una ducha y se había ido directamente a la casa de la chica.

Sus rasgos se endurecieron cuando la miró de

arriba abajo. Tenía el pelo revuelto, la cara lavada...
Y lo que llevaba puesto... Esos vaqueros cortos dejaban ver unas piernas arrebatadoras y el top apretado
mostraba demasiado escote. Estaba algo más delgada
que en las fotos, pero seguía teniendo todas esas curvas.

Vio a la joven de las fotografías en su mente. Casi
llevaba la misma ropa, pero había una diferencia cru-
cial. La chica de la foto tenía el pelo largo, negro, al
igual que la de los tribunales, la que había sido condenada por tráfico de drogas.

–Hola, Beth. ¿O debería decir «Jane»?

–Mi nombre legal es Beth Lazenby.

La tensión se mascaba en el ambiente.

–A lo mejor ahora sí, pero no era ese tu nombre
cuando terminaste en los juzgados con diecinueve años.

–Por fin me has reconocido. Bien por ti –le espetó
con sarcasmo. No tenía sentido negarlo.

–Bueno, tampoco es así. Pero el investigador al
que contraté me ha refrescado la memoria.

Beth sintió que la rabia empezaba a bullir en sus
venas.

–Pues es una pena que hayas malgastado el dinero.
Me voy de vacaciones, y llevo horas persiguiendo a mi
gato, así que tengo mucha prisa. Me temo que no
puedo recibirte ahora –agarró el picaporte con la intención de darle con la puerta en la cara.

–No tan rápido –metió un pie entre la puerta y el
marco–. Quiero hablar contigo.

–Bueno, pues lo siento, pero yo no tengo nada que
hablar contigo –dio media vuelta y fue a recoger al
gato, pero entonces recordó todo el tiempo perdido y
el dolor padecido por culpa de Cannavaro.

Ya no tenía nada que perder.

Dio media vuelta y le plantó cara. Sus ojos verdes escupían desprecio.

–Bueno, aunque sí tengo que decir que no tienes vergüenza... Contratar a un detective... ¿Y te haces llamar «abogado»?. Sin duda eres el bastardo más arrogante, perverso y manipulador que he conocido jamás. ¿Lo has entendido todo bien? Bueno, ahora vete.

El rostro de Cannavaro parecía esculpido en granito. De repente se movió y la agarró de la cintura. Le sujetó la base de la nuca con la otra mano y tiró de ella. Bajó la cabeza y le dio un beso, abriéndole la boca a la fuerza.

Sorprendida y furiosa, Beth trató de apartarse, pero él la sujetaba con mucha fuerza. Estaba tan cerca que no era capaz de apartar el rostro de esos labios que la obligaban. Forcejeó, pero él era demasiado fuerte. Trató de levantar las manos y le empujó, pero era imposible apartarle. Su pecho era una pared y no podía hacer otra cosa que clavarle las uñas en los hombros. Sintió sus dedos en el cabello. Se lo echaba a un lado y le ladeaba la cabeza. Rápidamente notó sus labios a lo largo del cuello.

No podía ser posible. Odiaba a ese hombre. Empezó a luchar con violencia y terminaron precipitándose contra la pared.

Él levantó la cabeza un momento. Beth pudo ver su rostro. La miraba con esos ojos oscuros, hipnóticos. Empezó a palpar el escote de su top. Metía los dedos por dentro de la tela para palparle los pezones. Beth arqueó el cuerpo casi involuntariamente. Reprimió el gemido que salía de su garganta.

Se había quedado sin voz en algún momento y el corazón le latía tan rápido que parecía que podía explotar en cualquier momento. El odio que sentía por él se había convertido en pasión y deseo.

–No puedes evitarlo. Me deseas –le dijo él en un susurro.

–No. Te odio.

Él la miró a los ojos. Había una frialdad distante en su rostro que daba escalofríos. Se puso erguido y la atrajo hacia sí. La agarró del cuello y la hizo echar atrás la cabeza.

–Ódiame todo lo que quieras, pero tienes suerte de que solo te haya besado. Si algún hombre me hubiera dicho lo que acabas de decirme, estaría muerto ya. No tolero que nadie me difame, y mucho menos una exconvicta manipuladora.como tú. ¿Lo entiendes?

Temblorosa, Beth dejó que las palabras le cayeran encima como una ducha de agua fría. Sacudió la cabeza.

–Ahora tendremos esa charla –Dante bajó las manos y dio un paso atrás.

Se tropezó con el trasportín del gato. Masculló un juramento y Binkie se escapó de entre sus piernas. Dante quiso esquivar al felino, pero perdió la batalla y cayó al suelo.

Beth se rio. Era el castigo perfecto. Su cara de estupefacción no tenía precio.

–Hasta los más grandes caen –dijo y se agachó para recoger a Binkie–. Vamos, vamos, Binkie –añadió, entrando en el salón con el gato contra el pecho–. Sé que ese hombre horrible te ha hecho daño, pero ya se va.

Dante se incorporó, sin saber muy bien qué había pasado. La había besado como una bestia salvaje. Y un segundo más tarde estaba en el suelo.

–No le he dado una patada al gato –dijo, yendo tras ella.

–Le diste una patada al trasportín cuando el gato estaba dentro. Es lo mismo. ¿No es así, Binkie?

Dante no daba crédito a lo que estaba pasando. A lo mejor había entrado en otra dimensión. A lo mejor era una bruja y el gato era su pariente. Dos ojos verdes idénticos a los de su dueña le atravesaban sin piedad. El minino le enseñó los dientes.

Dante sacudió la cabeza para despejarse un poco. Esa mujer le estaba volviendo loco.

–No me voy a ninguna parte, y tú tampoco hasta que hablemos –se quitó la chaqueta y fue a sentarse en uno de los sofás que flanqueaban el hogar.

–Te doy cinco minutos –le dijo ella, tomando asiento en el sofá opuesto. Le dio un beso al gato y lo colocó a su lado–. Vete, Binkie. Puedes darte otro paseo por la cocina antes de que nos vayamos.

–¿Siempre le hablas al gato?

–No siempre, pero es uno de los pocos varones sinceros que he conocido, y es un gran fisionomista –miró al gato, que iba directamente hacia Dante con los pelos de la espalda de punta–. Reconoce muy bien a los de tu calaña.

–A ese gato no le caigo bien –dijo Dante, afirmando algo que era obvio.

El animal fue a frotarse contra las piernas de su dueña antes de irse.

Ella se encogió de hombros.

–Binkie es macho y tú eres un macho extraño que

invade su territorio. Su instinto natural le dice que tiene que protegerme.

–Tampoco es tan raro. Te conozco desde hace tiempo, Jane.

Beth le miró un instante. Estaba sentado en el sofá, como si estuviera en su propia casa. Parecía tan seguro de sí mismo.

–Si crees que llamándome Jane puedes intimidarme, olvídalo. Ya no soy esa adolescente inocente a la que pisoteaste ante el juez.

Él arqueó una ceja.

–¡Inocente! Creo recordar que el jurado te declaro culpable por unanimidad.

–Gracias a ti, ¿no?

–¿Eso qué significa?

Beth sacudió la cabeza de nuevo. ¿Qué sentido tenía discutir con un individuo así? Se puso en pie y le miró de arriba abajo deliberadamente.

–Me llamo Beth. Estás en mi casa sin haber sido invitado a entrar, supuestamente porque querías hablar, pero hasta ahora no he oído nada que no haya oído antes, así que termina de una vez. Yo sí que tengo una vida con la que seguir –miró el reloj–. Tienes dos minutos y luego me voy.

–Tienes demasiada confianza en ti misma como para ser una exconvicta. ¿Pero confiarás tanto cuando le diga a Tony quién eres en realidad? Me di cuenta de la clase de mujer que eras en cuanto te vi en el banquillo de los acusados. Harías cualquier cosa para salvar tu propio pellejo, incluso destruir a un pobre jovenzuelo enamorado de ti. Ahora tienes a Tony a tu disposición y se quiere casar contigo. La fortuna de su padre es muy jugosa, ¿no es así?

Beth no pudo contener la sonrisa.

–No estás halagando a tu hermano precisamente. Pero dile lo que quieras. Me da igual. Y creo que a Tony también le va a dar igual. Muchos chicos de su edad piensan que tener una novia que ha estado en la cárcel es genial.

–Puede que tengas razón, pero, créeme, yo no amenazo así como así. Te irás de este apartamento y dejarás en paz a Tony o le diré a tu jefe quién eres: una exconvicta condenada por tráfico de drogas que ha pasado un año y medio en la cárcel. Seguro que eso no aparecía en tu currículum. Steel and White es una empresa prestigiosa y no creo que les haga mucha gracia esa pequeña omisión. Te echarán del trabajo y esa reputación que tanto te ha costado labrarte quedará arruinada.

Beth le escuchó. La furia no hacía más que crecer.

–Supongo que eso podría pasar. Sí. Pero soy una buena contable, y hay muchos otros trabajos. Además, también podría montar mi propio negocio. Está claro que no has pensado bien las cosas, porque, aparte de seguirme durante el resto de mi vida, no hay muchas cosas que puedas hacerme. Según tú, cometí un crimen, pero he cumplido mi condena y ahora soy otra persona. Me cambié el nombre, algo que es perfectamente legal, y llevo una vida intachable desde hace seis años. ¿Puedes decir tú lo mismo? Lo dudo mucho. Y, en cuanto a tus amenazas, me traen sin cuidado. Gracias a ti, me hice con una segunda piel en la cárcel, y no tengo que hacer nada de lo que me digas. Pero, si te sirve de algo, no tengo intención alguna de casarme con tu hermano, ni con ningún otro hombre. Bueno, se te han acabado los minutos. Es hora de irse.

Él se puso en pie. Durante unos segundos, Beth creyó que había ganado. Se volvió hacia la puerta, pero entonces sintió una mano enorme que la agarraba del brazo.

–No tan rápido. Esta conversación no ha terminado, Beth. No he dicho nada de tu amigo Clive Hampton, el abogado de tu antigua compañera de celda. ¿No es así?

Beth se detuvo en seco.

–¿Clive? –de repente sintió un pánico atroz.

–Es un buen abogado. Se le conoce por su trabajo caritativo y está a punto de jubilarse. Se rumorea que el colegio de abogados le va a dedicar un reconocimiento especial –la observaba con atención–. Sería una pena que su reputación pudiera verse mancillada por su amistad contigo. A lo mejor incluso los peces gordos del colegio de abogados podrían inhabilitarle.

–No... No puedes hacer eso. Clive es la persona más sincera e íntegra que conozco. Jamás ha infringido la ley de ninguna manera. Estoy segura.

–No tiene por qué infringir la ley. Pero su relación contigo podría convertirse en una mancha en su impecable carrera. Te sacó de la cárcel, te buscó un sitio dónde vivir y te recomendó para el trabajo en el que estás sin revelar tu verdadero nombre. Y después está Helen Jackson, tu compañera de celda. Él se ocupó de su divorcio y más tarde la defendió en un caso por asesinato. Se dice que Helen era algo más que su cliente, y con una mujer hermosa como tú de por medio, los tabloides se van a cebar.

–Yo no soy noticia para nadie, y Helen está muerta. ¿Por qué iban a recuperar una vieja historia?

Ya sabía la respuesta a esa pregunta. La veía en sus ojos.

–Tengo contactos en los medios. Puedo conseguirlo –dijo Dante, encogiéndose de hombros, como si fuera lo más fácil para él.

Beth se quedó sin palabras durante unos segundos.

–¿Arruinarías la vida de Clive Hampton, un hombre respetado por todos, solo porque crees que soy una aprovechada que va tras el dinero de tu hermano?

–No tengo que pensarme mucho la respuesta a esa pregunta. Sé que eres una exconvicta y sé que usaste tus encantos para hechizar al joven Bewick. Ahora estás haciendo lo mismo con Tony. Está encaprichado de ti. Y en cuanto al dinero... No puedo estar seguro, pero sí que sé que Helen te dejó una casa y mucho dinero. A lo mejor ese talento que tienes para embaucar a los varones también sirve para las mujeres –se encogió de hombros–. Eso no es asunto mío, pero Tony sí. Te detuve una vez y volveré a hacerlo.

Beth no pudo evitar sonreír. ¿Cómo podía equivocarse tanto?

–Haces que parezca la Malvada Bruja del Oeste.

Los labios de Dante se curvaron ligeramente, pero no dijo nada.

A Beth no le sorprendía su falta de respuesta. Dante Cannavaro no tenía sentido del humor, aunque sí le había parecido ver un atisbo de sonrisa en su rostro un momento antes.

¿Pero acaso importaba? Tenía muy pocas opciones, o tal vez ninguna.

Podía contarle la verdad. Podía decirle que Timothy Bewick y su compinche, James Hudson, le habían tendido una trampa, que habían mentido durante el juicio. ¿Pero qué sentido tenía?

–Muy bien. Tú ganas –le dijo. Tenía que salir huyendo lo antes posible.

Su presencia la turbaba demasiado y no hacía más que mirarle los labios, buscando algún rastro de esa sonrisa que le había parecido ver antes–. Me iba de vacaciones a Devon, pero ahora me voy a quedar allí definitivamente. Tendré que venir unos días para vaciar el apartamento y recoger la llave que me guarda Tony. Después ni él ni tú volveréis a verme. ¿Satisfecho?

–No... Yo no diría eso.

–Pero tienes lo que quieres.

Beth reparó en la forma en que la miraba, de arriba abajo. Le apretaba cada vez más el brazo. De repente sentía miedo, no de él, sino de sí misma. Ya no podía ignorar la reacción de su propio cuerpo.

–No todo... Eres una mujer experimentada, sofisticada, y Clive Hampton se arriesgó a perder su reputación por el privilegio de tenerte en su cama.

–Esto es asqueroso. Clive...

–No te molestes en negarlo. Todavía le sigues viendo y pasas algún fin de semana en su casa de Richmond. ¿Quién sabe cuántos hombres más disfrutan de los placeres de tu cuerpo?

Beth le miró con estupefacción.

–Esa es la mentira más despreciable que he oído en toda mi vida. Nunca me he acostado con Clive. Él es un hombre íntegro, digno, y tú eres un bastardo de primera clase.

Dante se daba cuenta de que su rabia era auténtica. Le estaba diciendo la verdad. Pero él tampoco había creído en ningún momento que Clive hubiera sido su amante. Solo lo había dicho para provocarla y salirse con la suya.

–A lo mejor he sido un poco duro contigo, pero no estoy interesado en tus otros amantes. Solo me interesa Tony.

–Tony no es mi amante. Es un amigo. Tengo algunos.

–No lo dudo –le acarició la mejilla con la punta del dedo.

Beth respiró profundamente. El pulso se le aceleraba cada vez más.

–Eres una mujer preciosa y, aunque me creyera esa historia de que te vas a Devon, tú misma has dicho que no puedo seguirte a todas partes durante el resto de tu vida. ¿Qué te impide llamar a Tony? Es mi hermano pequeño y, aunque le quiero mucho, es demasiado joven para casarse, pero es lo suficientemente impulsivo como para hacerlo. No puedo arriesgarme. Y es por eso que quiero que quede completamente libre de ti.

«¿Y qué pasa con mi libertad?», pensó Beth. Tenía ganas de gritar de repente.

Dante la soltó y se mesó el cabello.

–No siento placer alguno peleándome contigo, Beth. Sé que has sacado tu vida adelante, pero eres quien eres. Intenta verlo todo desde mi punto de vista. Si tuvieras un hermano pequeño que quisiera casarse con una chica que fue condenada por tráfico de drogas, ¿estarías conforme con ello?

–No. Supongo que no.

–Tienes que entender que solo quiero proteger a Tony –se sentó en el sofá y la miró a la cara–. Y es por eso por lo que tengo que sacarte de su vida –una sonrisa seria se dibujó en sus labios–. Llegué de Estados Unidos esta mañana y he viajado durante horas. A lo mejor, si me invitas a un café, me ayudas a pensar con claridad y, con un poco de suerte, podremos encontrar una solución a este problema.

Beth le miró con ojos de asombro durante unos segundos.

–Muy bien. Te haré un café. No me vendrá mal uno a mí también.

Aliviada de poder escapar de su presencia durante un rato, se dirigió hacia la cocina. Nada más entrar, respiró hondo varias veces. Llenó la cafetera de forma automática. Tenía un remolino en la mente. ¿Qué clase de solución podía tener en mente Dante Cannavaro? ¿Acaso iba a desterrarla a Siberia?

Llenó dos tazas de café, las puso en una bandeja y regresó al salón. Su invitado no estaba por ningún lado... De pronto oyó un sonido de cortinas y se dio cuenta de dónde estaba. Corrió hacia el dormitorio contiguo. Las cortinas estaban medio abiertas y Dante Cannavaro se encontraba junto a la ventana.

–¿Qué haces aquí? –le preguntó Beth.

Ningún hombre había estado jamás en su dormitorio.

–No conozco esta zona, así que quise echarle un vistazo a mi coche. Me lo entregaron hace tres semanas solo, y llevo dos semanas fuera. Quería asegurarme de que todo estaba bien –sonrió con timidez–. Tengo que confesar que mi placer secreto son los coches. No hago más que comprarlos y cambiarlos. Ahora mismo tengo doce. Diez están en mi casa de Italia y tengo dos aquí.

Le ofreció otra de esas sonrisas desconcertantes. Casi parecía humano mientras hablaba de coches.

—Jamás se me hubiera ocurrido que pudieras ser un fanático de los coches. Deberías conocer al hombre que me arregla el coche. Ese sí que es un auténtico loco de los coches.

—¿Tu coche es ese de color blanco que está aparcado fuera?

—Sí...

Beth estaba muy orgullosa de su coche. Incluso le había puesto nombre.

—Está bien.

Miró por la ventana un momento.

—Ah, tienes el café —tomó la taza de la bandeja y regresó junto a la ventana—. La pintura del coche es muy original. Dime qué quiere decir.

Beth dejó la bandeja sobre una mesa y fue hacia la ventana. Detrás de su modesto utilitario había un Ferrari negro impresionante. No era de extrañar que estuviera preocupado por el coche.

—Las líneas color turquesa que tiene en los lados son las olas del mar, y, si lo miras de cerca, ves la silueta de una sirena, y el nombre «Jess» aparece dibujado en la cresta de espuma de una ola. En mi taller hay un aprendiz de mecánico que hace grafitis artísticos. Se ofreció a personalizarme el coche y escogimos el diseño entre los dos.

—¿Su nombre es Jess?

—No. Claro que no. Jess fue mi mejor amiga durante mucho tiempo, pero ya no está.

Cuando era niña tenía una amiga imaginaria llamada Jess y en la soledad de la cárcel había vuelto a recordarla.

Dante dejó la taza de café sobre el alféizar y se acercó más.

–Siento haberte recordado cosas tristes, Beth. Aunque creas lo contrario, no quiero causarte ningún daño. Solo quiero que salgas de la vida de Tony. Es demasiado joven para estar pensando en casarse.

Ella le miró a los ojos. Ya no había crueldad en su mirada, pero Dante Cannavaro ya la había engañado en el pasado.

–Por lo que sé de Tony, es perfectamente capaz de cuidar de sí mismo, aunque Mike y él sí que suelen pedirme azúcar, leche, comida... Pero, oye, ¿para qué están los amigos? –se encogió de hombros–. Y te equivocas del todo. Tony no tiene intención de casarse conmigo, ni con ninguna otra mujer. Me lo ha dicho muchas veces. La única razón por la que dijo que éramos novios fue para fardar delante de ti. Al parecer, eres un reputado conocedor de las mujeres y Tony pensó que, si me colgaba de su brazo, su estatus subiría a los ojos de su hermano. Te estaba tomando el pelo porque cree que eres demasiado serio. En algún momento decidí seguirle la corriente con la broma. Finalmente resultó que me equivoqué al hacerlo. De lo contrario no estarías aquí. Y yo tampoco quiero casarme con Tony, ni con ningún otro hombre. Valoro mi independencia por encima de todo y no quiero arriesgarme a perderla de nuevo. Y, en cuanto al dinero, tengo de sobra y me voy de aquí de verdad. Si no me crees, puedes llamar a Steel and White. Te dirán que dejé el trabajo hace cinco días.

–Eso no será necesario, Beth. Te creo. A Tony siempre le ha gustado mucho hacer bromas. Eres una mujer hermosa. Cualquier hombre te querría en su cama. Por lo menos yo sí. Dos adultos que saben lo que hacen... No tiene nada de malo. Pero Tony no es como tú y como yo. Él todavía identifica el sexo con el amor. Pero me doy cuenta de que a lo mejor me he excedido un poco en mi papel de hermano protector. Quizás haya sido demasiado duro contigo.

Beth no podía creerse lo que acababa de oír.

—Bueno, esto es toda una novedad. En el pasado no creíste ni una sola palabra de todo lo que dije.

—Los hombres también podemos y sabemos cambiar de opinión —esbozó una media sonrisa—. Desde que te conocí me he dado cuenta de que te juzgué mal. Me causa admiración ver que has sido capaz de cambiar tu vida. Eres una mujer increíble —dijo y le rozó los labios con los suyos propios.

Capítulo 4

BETH se le quedó mirando. Se lamió los labios, absorbiendo su sabor. Tenía las mejillas encendidas.

–¿De verdad me crees?

–Te lo he dicho. Pero eso no resuelve mi problema.

–¿Problema?

–No me mires así, Beth –le dijo, recorriendo sus labios con la mirada–. Solo escúchame. No tienes por qué dejar tu trabajo a menos que quieras hacerlo. Nunca le diré nada a nadie acerca de tu cambio de nombre, ni tampoco acerca de Clive. Pero no me quedaré satisfecho hasta que te hayas ido de este apartamento, lejos de Tony. Yo te buscaré otro sitio donde vivir, y no vas a perder dinero. Te lo aseguro.

Aún temblorosa, Beth tardó unos segundos en asimilar sus palabras. Y entonces recordó exactamente lo que había dicho. Era tan hábil con el lenguaje... Realmente no la creía. Nada había cambiado.

¿Acaso pensaba que iba incluida con el apartamento? Le miró. Por alguna razón, su mente no rechazaba del todo la idea. Todavía tenía el calor de su beso en los labios, y mirarle no hacía más que empeorar las cosas, pero ella no estaba hecha para ser la amante de nadie. Ya había sufrido más que nadie para conseguir la libertad, y no estaba dispuesta a renunciar a ella por nadie.

Sin embargo, no podía evitar recordar que Dante Cannavaro llevaba mucho tiempo en sus sueños; Dante Cannavaro, el hombre que la creía culpable de todos los pecados del mundo... A lo mejor ya era hora de probar todos esos pecados...

Por lo menos así le demostraría que no era la *femme fatale* que él la acusaba de ser, con una larga lista de amantes a sus espaldas. A lo mejor incluso le venía bien. Así sabría que no era infalible, y no juzgaría a otros con tanta rapidez. No obstante, Beth sabía que no era solo la razón lo que la guiaba. Le deseaba como nunca había deseado a nadie.

—Es una idea —dijo lentamente. La decisión estaba tomada.

Nunca flirteaba con hombres, pero siempre había una primera vez para todo.

Cerró los ojos un instante y le miró por debajo de las pestañas, pasándose la punta de la lengua por los labios.

—Lo tendré en cuenta.

Los ojos de Cannavaro emitieron un destello fugaz y entonces se oscurecieron con una emoción distinta, que respondía a la de ella.

—Bien —dijo y la agarró de la cintura.

Beth se estremeció.

—Sabía que entrarías en razón, Beth —cuando dijo la última palabra tiró de ella y volvió a besarla.

Aquello no tenía sentido. Beth sintió que el pánico se apoderaba de ella durante un segundo. Pero el calor y el letargo de la tarde de verano llenaban todo el espacio de su habitación y la invitaban a abandonarse al placer. El pulso se le aceleró y la temperatura de su cuerpo subió. Entreabrió los labios y le dejó meter la lengua en su boca, ignorando la voz que le decía que aquello estaba mal en muchos sentidos.

Su cuerpo se ablandaba contra el de él y ese beso apasionado ahuyentaba la cordura. Tenía los ojos cerrados, pero sentía la hinchazón de sus pechos al rozarse contra el duro pectoral de él. Había humedad entre sus muslos. Flotaba en un mar de sensaciones eróticas que jamás había conocido. Le agarró de los brazos sin querer. Podía sentir el calor de su cuerpo a través de la fina seda de la camisa a medida que recorría el contorno de sus bíceps con los dedos hasta llegar a sus hombros. Había sentido una afinidad instantánea con Dante la primera vez que le había visto y nunca había entendido por qué, pero por fin lo entendía.

Cuando él se echó hacia atrás, ella se aferraba a él, rodeándole el cuello con los brazos. Le miraba a la cara. Sus ojos color esmeralda se abrían lentamente y también sus labios.

–¡*Dio*! Eres hermosa –le quitó un mechón de pelo de la cara.

Le acarició la frente, la curva de la mejilla, los labios.

–Tan hermosa –repitió y la besó de nuevo.

Comenzó a tocarla por todas partes. Sentía sus manos en la espalda, en las caderas, en los muslos, las piernas... Una llamarada de pasión atravesó a Beth de pies a cabeza. Sus labios hambrientos se aferraban a él. Deslizó las manos sobre su cuello y enredó los dedos en su cabello negro y copioso.

Dante la levantó del suelo y la llevó a la cama. La

tumbó encima y se acostó a su lado. Beth sentía la presión de su cuerpo enorme. Sus besos le quemaban los labios como si no pudiera parar.

–Espera... –murmuró contra su boca. El corazón le martilleaba el pecho.

Las sensaciones que él despertaba eran tan arrolladoras que se lo estaba pensando mejor, pero no por mucho tiempo. Su cuerpo parecía haber cobrado vida propia. Quería más y más.

–¿Por qué? –le preguntó Dante, mirándola a los ojos–. Te he deseado desde el momento en que te conocí y creo que sientes lo mismo –sus ojos se oscurecieron más que nunca–. Dime que es así.

Beth vio deseo en el rostro de Dante mientras se quitaba la camisa y supo que también se reflejaba en el suyo propio.

La garganta se le cerró y entonces supo que no podía negarse a él. No quería hacerlo.

–Oh, sí... –dijo casi sin aliento, totalmente abrumada por la visión de ese poderoso pectoral, la piel dorada, el fino vello...

Estiró el brazo y quiso tocarle. Deslizó las yemas de los dedos sobre su pecho, haciéndole una caricia...

Él retrocedió un poco.

–Dentro de nada podrás tocarme por todos sitios –dijo y la abrazó.

Con la habilidad que solo da la experiencia, le quitó toda la ropa y se inclinó sobre ella.

Nunca había visto a un hombre completamente desnudo, y Dante era perfecto. Tenía las espaldas anchas, el abdomen plano. Beth abrió los ojos al ver su potente erección. Resultaba intimidante y fascinante al mismo tiempo. Estaba hipnotizada por la belleza de su glorioso cuerpo. No tenía tiempo para sentir vergüenza de su propia desnudez. Su miembro duro y grande era un afrodisiaco.

«Entonces es así el sexo», pensó, y su mente se quedó en blanco.

Sus labios y sus manos estaban en todas partes, tocándola, besándola en la base del cuello, en los hombros. Sus dedos expertos la acariciaban y desencadenaban una avalancha de sensaciones increíbles que la marcaban por dentro, que lo borraban todo excepto ese momento. Comenzó a besarle los pechos, lamiéndola y mordisqueándola hasta hacerla perder el juicio. Ella se aferraba a su nuca, como si no quisiera dejarle escapar.

Él volvió a besarla en los labios y sus lenguas se enfrentaron en un duelo de fuerza y pasión. Beth deslizó las manos por su espalda y recorrió la línea de su columna con la yema de los dedos hasta llegar a su firme trasero. Él retrocedió y la observó con esos ojos negros insondables. Le amasaba los pechos con ambas manos, y las caderas. La hizo abrir las piernas.

–Sí que eres pelirroja –le dijo, tocándole en el sitio más íntimo de su cuerpo.

Introdujo los dedos en su sexo húmedo y cálido y empezó a frotarla en el punto más sensible. Ella contuvo el aliento; se estremeció.

–Te gusta –le dijo él, atravesándola con la mirada. Se agachó un poco y comenzó a lamerle un pezón sin dejar de frotarla en la entrepierna.

Beth no era capaz de hablar. Apenas podía respirar. Una tormenta sensual la arrasaba por dentro. Extendió los brazos hacia él y deslizó las manos sobre su pecho, arañándole los diminutos pezones con las uñas. Le sintió estremecerse. Una de sus manos se desvió hacia abajo, hasta llegar a su duro miembro. Empezó a tocarle, a explorar. Su sed era insaciable. Le deseaba como jamás había deseado a nadie en toda su vida.

–Beth... –dijo él de repente, conteniendo el aliento.

La agarró de la muñeca y la sujetó contra la cama.

–¿Seguro que quieres hacerlo? –bajó la cabeza. La besó en los pechos y luego en la boca, susurrando su nombre.

–Sí –dijo Beth, sintiendo su caricia en el lugar más íntimo de su cuerpo. Se retorcía debajo de él. Meneaba las caderas.

La seducción de sus manos y de sus labios, y el calor de su poderoso cuerpo la estaba volviendo loca. Presa de un repentino frenesí, deslizó las manos sobre sus hombros, clavándole las uñas en la espalda. Se abandonó... Lo dejó todo, excepto a Dante.

Él la hizo flexionar las piernas hacia atrás y se incorporó sobre ella. Estaba allí, donde más le necesitaba, entrando en ella, primero con suavidad, y luego con una embestida certera. Beth sintió que su cuerpo se tensaba y entonces notó un dolor agudo.

Él se detuvo. La miró con ojos de sorpresa, de asombro.

–¡No! –gritó, consumido por la pasión.

De manera instintiva, Beth enroscó las piernas alrededor de su cintura y él comenzó a moverse de nuevo con lentitud, dejando que se dilatara por dentro, que le acogiera en su interior. El dolor desapareció rápidamente y fue reemplazado por un placer inimaginable que la llenaba cada vez más.

El corazón de Dante se aceleraba y la tensión crecía dentro de ambos. Beth ya no podía aguantar más. Estaba al borde de un abismo, a punto de caer, y se lo llevaba a él con ella...

Unos segundos después, con los ojos cerrados, respiró profundamente. Sentía cada músculo, cada nervio de su cuerpo de una forma totalmente nueva, maravillosa, exquisita. No había palabras capaces de describirlo. Eufórica y unida a él, notaba el peso de su duro cuerpo. Tenía la cabeza apoyada sobre su hombro y el sonido jadeante de su respiración le acariciaba la piel.

Cuando le sintió retirarse abrió los ojos. Él se tumbó a su lado, apoyado sobre un codo. Ella entreabrió los labios, sonrió. Sus ojos verdes brillaban.

–Beth... Jane... Sea cual sea tu nombre, eres una mujer exquisita y deseable, toda una sorpresa –le dijo, sin devolverle la sonrisa.

La sonrisa de Beth se desvaneció en cuanto contempló ese rostro hermoso, pero implacable. ¿Era un cumplido? Tenía el ceño fruncido y había algo parecido al enojo en su expresión. ¿Por qué estaba enfadado?

–¿Dante?

–Por fin dices mi nombre. Llega un poco tarde después de lo que hemos hecho, ¿no crees?

–Ya sabes lo que dicen... Mejor tarde que nunca –se obligó a decir–. Y, después de esto, no creo que vuelva a decir tu nombre mucho más –con el corazón aún desbocado, desempeñó el mejor papel de su vida, digno de un Óscar–. Tu problema está resuelto. Nunca me he acostado con Tony ni con ningún otro.

Se apartó de él y se levantó de la cama.

–Y, después de esto, probablemente no volveré a hacerlo. Una vez es más que suficiente.

Recogió su ropa y volvió a ponérsela sin volver a mirarle.

El silencio entre ellos se vio interrumpido por el timbre de la puerta.

–No contestes –le dijo él.

Beth le ignoró. Se puso sus sandalias, se peinó un poco con los dedos y salió del dormitorio, pero justo antes de llegar a la puerta, oyó el ruido de una llave en la cerradura.

Un segundo más tarde, Tony había entrado en la casa.

–Beth... Pensaba que ya te habrías ido. He visto el coche fuera y me pregunté si pasaba algo.

–Es que me he retrasado por culpa de Binkie –el gato escogió ese momento para aparecer en el salón y restregarse contra sus piernas–. Y después tuve...

Su intento de dar explicaciones se vio interrumpido por la voz de otra persona.

–Tony... Me alegro de verte. Me preguntaba cuándo volverías.

Beth se puso tensa y miró hacia atrás. Dante estaba apoyado contra la jamba de la puerta. Se había puesto los pantalones, pero llevaba la camisa a medio abrochar.

–¡Dante! ¿Qué estás haciendo aquí?

–Vine a verte para enseñarte mi nuevo Ferrari y llamé a la puerta equivocada. Beth me abrió y nos tomamos un café –señaló el dormitorio–. Estaba mirando por la ventana para asegurarme de que mi coche seguía ahí.

–¡Oh, sí! –exclamó Tony–. Vi el coche. Está donde suelo aparcar yo –miró a uno y a otro con ojos de sospecha–. ¿Es verdad eso, Beth? Pensaba que te ibas a la una. Son las cinco. Eso son demasiadas tazas de café.

Beth se agachó y recogió a Binkie del suelo. Lo atrajo hacia sí. La cabeza le daba vueltas.

–Se suponía que me iba a la una, pero me dieron más de las tres intentando capturar a Binkie para meterle en su trasportín. Llamaron al timbre y olvidé cerrar la puerta del trasportín cuando fui a abrir. Dante entró, se tropezó y Binkie volvió a salir. Dante se cayó... Se llevó un buen golpe. Es un hombre muy grande.

Tony sonrió.

–¿Te caíste por el gato?

–Sí –dijo Dante. Aquello no le divertía en absoluto.

–Bueno, me hubiera encantado verlo –Tony se rio a carcajadas–. Me sorprende que Beth no te haya echado a patadas por haberle hecho daño al pequeño Binkie. Adora a ese gato.

–¡Tony! El pobre Dante se hizo daño de verdad –dijo Beth, interrumpiéndole–. Aunque sí que se me ocurrió...

–Bueno, no me sorprende que se hiciera daño. Tiene muchos más años que tú y que yo, Beth.

Beth vio un destello de picardía en la mirada del chico.

–Cierto... –dijo, conteniendo la sonrisa–. Pero ya me he retrasado bastante. Si quiero llegar antes de que anochezca, los dos tenéis que iros ya. Voy a meter a Binkie en su trasportín y nos vamos.

–Muy bien –dijo Tony–. Veo que tienes prisa. Siento que mi hermano te haya retrasado –sonrió–.

¿Aún quieres que te vigile el apartamento mientras estás fuera?

–Sí, claro –Beth no pudo evitar sonreír.

–Ya lo has oído, hermanito. Beth quiere que nos vayamos, y, por si no lo recuerdas, nos vemos luego en la fiesta de aniversario de nuestros padres –se volvió hacia la puerta, pero entonces se detuvo–. Oh, por cierto, Dante, no olvides los zapatos. Ese look descalzo no te sienta nada bien –añadió y se marchó.

–Entonces ha sido suficiente con una vez, ¿no? –dijo Dante cuando la puerta se cerró.

Sin soltar al gato, Beth le miró como si no le hubiera visto en toda su vida.

–Una vez es más que suficiente.

–Si me hubieras dicho que era la primera vez, hubiera tenido más cuidado.

–Tienes que estar de broma. Nunca has creído nada de lo que he dicho, aunque finges creer cuando te conviene.

–A lo mejor, pero siento curiosidad, Beth. ¿Por qué te has aferrado a tu virginidad durante tanto tiempo? No. No te molestes en contestarme. Lo sé... Me dijiste que Tony estaba de broma cuando dijo que quería que fueras su novia, pero creo que eras tú quien estaba de broma. Así es cómo lo haces. Sientes placer poniéndole la miel en los labios a esos pobres jovenzuelos, y después les niegas lo que desean hasta volverles locos, hasta que hacen cualquier cosa por ti. Primero fue Timothy Bewick, y ahora es Tony. Seguro que ha habido más –añadió con cinismo.

Beth dejó al gato en el suelo, fue hacia él y le miró fijamente.

–No. Pero si eso es lo que quieres pensar para salvar tu conciencia, adelante. Los dos sabemos que en el juicio, cuando me describiste como una *femme fatale*, el verdadero mentiroso eras tú. Trata de vivir con eso, tal y como he hecho yo durante ocho años. A lo mejor descubres que tienes conciencia después de todo, aunque lo dudo. Los de tu calaña nunca la tienen. Y, en cuanto a Tony, ya has visto con tus propios ojos que solo somos buenos amigos. Pero dudo mucho que un hombre como tú tenga amigos, así que no debes de saber lo que es eso.

Dante se encogió de hombros. Se sacó la mano del bolsillo de los pantalones y deslizó un dedo sobre la mejilla de Beth. La hizo levantar la barbilla y estudió su rostro enfurecido y sonrojado.

—Estás un poco tensa, y lo entiendo. Soy mucho mayor que tú, tengo más experiencia que los chicos con los que sueles jugar, y has conseguido más de lo que esperabas. Pero tú estuviste conmigo todo el tiempo, así que no trates de fingir otra cosa. Solo te engañas a ti misma. Nunca he visto a una amante tan entregada. Y no mentí en los tribunales. Como abogado, lo único que hice fue insinuar una posibilidad. Hay una gran diferencia.

Beth sacudió la cabeza y se apartó de él.

—Sí. Tienes razón. Claro. La diferencia en mi caso consistía en tres años de cárcel o la libertad. Bueno, si eso es todo, te lo pediré por enésima vez. ¿Te vas de mi casa? No quiero volver a verte.

—El sentimiento es mutuo. Puedes estar segura de que no voy a volver por aquí.

—Bueno, por lo menos hemos encontrado una solución aceptable para los dos. Tenemos un trato. Nos mantendremos lo más lejos posible el uno del otro, con un continente de por medio si es posible –entró en la cocina. No quería dejarle ver la rabia y el dolor que había suscitado con sus palabras.

Le odiaba y debía tenerlo muy presente. Decían que el amor y el odio eran las dos caras de la misma moneda, pero no era capaz de pensar de esa manera.

Lo que acababa de pasar entre ellos era solo sexo.

Dante aguantó las ganas de ir tras ella. Buscó los zapatos, se los puso y regresó al salón para recoger la chaqueta. Había hecho lo que se había propuesto hacer. Beth se iba de la casa y Tony estaba libre de su perniciosa influencia. Sin embargo, ¿por qué se sentía como la persona más deleznable de todo el planeta?

Ella tenía razón acerca de su actuación en el tribunal, y se sentía... culpable. Pero él no era hombre de emociones. La sensación se le pasaría pronto.

Subió al coche y arrancó sin mirar atrás. Beth era una mujer hermosa, pero no era para él. No veía a una esposa en ella, y era demasiado peligrosa como para tenerla de amante.

«Una vez es más que suficiente».

No la creía. Era la mujer más sensual que había conocido jamás. Había respondido a todas sus caricias como nadie y sabía de forma instintiva cómo devolverle todo ese placer. Había sido fuego y luz en sus brazos, y todavía sentía los arañazos de sus uñas en la espalda.

De repente un pensamiento le atravesó como un relámpago. Había olvidado usar protección. ¿Cómo había sido tan descuidado? Dante Cannavaro estaba a punto de hacer lo impensable para alguien como él...

De repente se incrustó en la camioneta que tenía delante. No se había dado cuenta de que el tráfico se había detenido delante de un semáforo en rojo. Dio marcha atrás, causándole mayores daños a su inmaculado deportivo, y bajó del vehículo para intercambiar los datos con el conductor del otro coche.

Contempló el capó de su flamante Ferrari. Reprimió un suspiro.

Podía volver a casa de Beth para decirle que había olvidado usar un condón, pero no hacía falta en realidad. Si llegaba a quedarse embarazada, no tardaría en contactar con él con el signo del dólar en los ojos. Las de su clase eran así.

Capítulo 5

BETH abrió los ojos y se estiró. Los rayos de sol inundaban el dormitorio. Miró hacia los ventanales que daban a la terraza. Ahí fuera estaba el mar.

Suspiró, contenta. Amaba esa casa.

El papel de la pared, decorado con flores y a juego con las cortinas y la ropa de cama, estaba un tanto gastado, pero no quería cambiarlo porque la habitación le recordaba a su amiga Helen y le daba esa paz que no encontraba en ningún otro lugar. Ese era su refugio, su santuario.

El constructor y el decorador habían terminado con las reformas del resto de la casa la semana anterior. Beth sonrió, mirando a su alrededor. La satisfacción más profunda se reflejaba en su rostro.

Se levantó de la cama y fue hacia el vestidor. Sacó ropa interior, escogió un vestido estampado y entró en el cuarto de baño. El día anterior le habían dado una buena noticia. Su proyecto de reforma de la buhardilla del garaje había sido aprobado. El constructor empezaba tres semanas después.

Se metió en la ducha y abrió el grifo. Llevaba dos semanas sin soñar con Dante Cannavaro. El plan parecía funcionar. Había logrado sacárselo de la cabeza acostándose con él.

Definitivamente, había tomado la decisión correcta. Amaba su nueva vida. Tenía la libertad de trabajar cuando quisiera, respiraba aire puro todos los días y podía salir a nadar o a hacer surf en cualquier momento.

Se vistió y se cepilló el cabello. Ya no tenía que usar secador, ni tampoco esas tenacillas que tanto le quemaban el pelo.

Una hora más tarde, después de haberle dado de comer a Binkie, Beth estaba lista para empezar el día que tenía por delante. Janet llegaría a las dos con su hija y se irían de compras a la ciudad. El padre de Janet llevaba años trabajando en la casa como jardinero y vigilante, y Beth se había hecho muy amiga de su hija desde el principio. Janet se había casado pronto y tenía una hija de cuatro años, Annie. Su marido había muerto en acto de servicio el año anterior en Afganistán y ella se había visto obligada a irse a vivir con sus padres tras su muerte.

Con su segunda taza de café en la mano y las gafas de sol, Beth abrió la puerta principal que daba a la terraza. Más allá había un camino que llevaba directamente a la playa. Se sentó en una silla y contempló la bahía.

Cegada por el reflejo del sol en el agua, tuvo que parpadear varias veces. Se puso las gafas de sol y en ese momento oyó el rugido de un coche que parecía acercarse a toda velocidad.

Era un enorme Bentley negro...

El lujoso coche se detuvo delante de la casa. Beth conocía muy bien al conductor. El corazón le dio un vuelco.

Dante Cannavaro, otra vez.

Su pelo negro brillaba como el azabache a la luz del sol. Llevaba unas gafas modelo aviador y sus rasgos parecían más perfectos que nunca.

Beth se alegró de haber estado sentada, porque era evidente que el plan para olvidarle y desterrarle de su mente no estaba dando resultado. El pulso se le aceleraba sin remedio y la temperatura se había disparado en su interior. Odiándose a sí misma, levantó su taza de té y bebió un sorbo. Quería ignorarle. No sabía qué le había llevado hasta allí, pero tampoco iba a preguntarle.

Dante miró a su alrededor, sorprendido. La bahía era un sitio de ensueño, y la casa también. Había llamado a un pub de la zona para preguntar cómo llegar a la casa de la señorita Lazenby y el casero le había hablado maravillas de ella. También le habían dicho que la casa era el mejor hospedaje de la zona.

Dante sacudió la cabeza. De alguna manera, no era capaz de imaginarse a esa explosiva pelirroja en un sitio por el que el tiempo no parecía pasar. Faith Cove no debía de tener más de mil habitantes.

Había unas palabras talladas en la piedra de la columna que estaba a la entrada. *The Sail Loft*, decían. Al ver a Beth se puso tenso, vaciló un instante. Estaba sentada en la terraza.

Se había tomado todo el mes de septiembre libre, por la boda que ya no iba a celebrarse, pero finalmente había terminado trabajando en un nuevo caso. Incluso había salido a cenar un par de veces con una antigua novia. Lo había hecho todo para sacarse a Beth Lazenby de la cabeza, pero era inútil.

Ella llevaba semanas en su pensamiento, y le distraía del trabajo, algo que nunca había ocurrido. Había releído el informe del detective y así se había enterado de que Jane Mason había perdido a sus padres un año antes del juicio. Era sorprendente que la señorita Sims no hubiera sacado el tema ante el tribunal. Pero la señorita Sims no era una buena abogada. Apenas le rebatía los argumentos y le había dado la enhorabuena a la salida.

Dante era consciente de que no hacía otra cosa que no fuera buscar excusas para Beth, y tenía que parar.

La mañana anterior, después de un fin de semana de lo más frustrante, se había dado cuenta por fin de que no iba a conseguir nada esperando con la espada de Damocles colgando sobre su cabeza. Necesitaba asegurarse de que Beth no estaba embarazada antes de tener nada con otra mujer. Su equipo legal podía ocuparse de los casos pendientes durante un tiempo y su presencia no era imprescindible hasta la reunión del miércoles.

Con la decisión tomada, viajó a Londres y llamó a Tony, pero su hermano no contestaba, así que se vio obligado a pasarse por el apartamento. El nuevo inquilino le dijo que no sabía dónde estaba la chica que había vivido allí, pero esa misma tarde logró hablar con su hermano. Este le dijo que Beth llevaba semanas fuera de la ciudad y que había puesto un negocio propio. Sin embargo, se negó a darle su número de teléfono y dirección porque ella misma se lo había pedido.

No obstante, en el informe del investigador estaba la dirección de la casa de la playa...

Beth oyó el clic de la cancela. Dante se aproximaba por el camino.

—Buenos días, Beth. Un sitio estupendo, aunque es un poco difícil de encontrar. Llevo conduciendo desde las seis y no me vendría nada mal una taza de café, si tienes —le dijo, mirando la taza que tenía entre las manos y sentándose a su lado.

—No es café. Es té. Y si regresas por donde viniste hay una pequeña cafetería junto a una tienda en la bahía. Prueba allí.

—Oh, vamos, Beth. Eso no es muy hospitalario después de todo lo que hemos vivido juntos...

—De eso nada. Estuviste de acuerdo en que no volviéramos a vernos y yo he mantenido mi parte del trato. ¿Qué excusa tienes para venir aquí y no cumplir la tuya?

—Una causa de fuerza mayor, y en realidad te equivocas. Yo nunca accedí a mantenerme fuera de tu vida. A lo único que accedí fue a no revelar... —hizo una pausa—. Lo que sé de ti.

Beth sintió un repentino acaloramiento en las mejillas. Sin pensar en lo que hacía, levantó el brazo para darle una bofetada, pero él le interceptó la muñeca a medio camino.

—Bueno, Beth, esta no es forma de recibir a un viejo amigo —le dijo, bajándole la mano hasta el muslo.

Ella se soltó con brusquedad.

—Me ha costado mucho encontrarte.

—No deberías haberte molestado.

Dante se inclinó hacia delante de repente y le quitó las gafas para mirarla a los ojos.

–Mucho mejor así, Beth. Quiero verte la cara cuando te diga por qué estoy aquí.

Beth se quedó quieta. No había expresión alguna en su rostro. Miró hacia el mar. Trató de recuperar la compostura.

–No hay nada que puedas hacer o decir que supere lo que me has hecho ya.

Dante retrocedió.

–Sinceramente, espero que no sea así –dijo en un tono enigmático.

Beth tuvo la sensación de que estaba preocupado.

–Pero tráeme un café y te lo digo todo.

–No –le dijo ella en un tono desafiante–. Recuerdo lo que pasó la última vez que me pediste un café –le miró a los ojos y vio deseo en su mirada–. No te he invitado a venir, pero es evidente que tu investigador privado te dijo que tengo esta casa. No te quiero aquí. No me interesa nada de lo que puedas decirme. ¿Te ha quedado claro?

–Sí, pero creo que va a ser difícil. Mírame, Beth. Esto es serio. ¿Tomas la píldora?

–No. No la tomo –le dijo ella sin pensar.

–En ese caso, a lo mejor tenemos un problema. Puede que no te hayas dado cuenta de este pequeño detalle, pero no usé protección el día que nos acostamos. Podrías estar embarazada, y, si es así, tengo que hacer lo que hay que hacer.

–¿Qué?

En ningún momento se le había ocurrido pensar que pudiera estar embarazada. ¿Cómo era posible que no se hubiera dado cuenta ella misma? De repente sintió ganas de echarse a reír.

–Fue culpa mía, y asumo toda la responsabilidad. Si pasa lo peor, estoy dispuesto a ocuparme de todo, en lo que respecta al dinero.

–¡Eres increíble! ¡Hablas como un abogado incluso para decirme algo así!

–¿Qué puedo decir? Soy lo que soy –se encogió de hombros con indiferencia.

Beth repasó mentalmente las ocho semanas que llevaba allí y se percató de que había estado tan ocupada que ni se había dado cuenta de que no había tenido la regla. De pronto, lo que decía Dante se convirtió en una posibilidad real. Le había tomado manía al café y llevaba un tiempo sintiendo náuseas, pero le había echado la culpa al olor de la pintura del decorador.

Se puso pálida como un fantasma. La idea le resultaba horripilante. Un hijo de Dante Cannavaro...

¿Y qué era lo que le estaba ofreciendo en realidad? ¿Qué era lo que estaba dispuesto a pagar?

–¿Me estás diciendo que me vas a pagar un aborto si estoy embarazada?

–¿Es eso lo que quieres?

–No. No quiero eso.

–Bien, porque si hubiera sido eso lo que querías, hubiera hecho todo lo posible para convencerte de que no lo hicieras. Entonces, ¿estás embarazada o no?

Beth miró al frente, hacia el mar. De repente tenía mucho miedo. Dante era un hombre poderoso, inteligente, muy persuasivo. Si estaba embarazada y él llegaba a reclamar la custodia... Dante Cannavaro era lo bastante cruel como para usar su pasado ante un tribunal y arrebatarle a su hijo. ¿Qué posibilidades tenía de no perder a su bebé?

Le miró de nuevo y pensó en mentir. Había querido mucho a sus padres adoptivos, pero no sabía dónde estaban sus padres biológicos. Lo único que sabía era que la habían dejado en una bolsa de deporte a las puertas del área de urgencias de un hospital.

–No lo sé. Es demasiado pronto para saberlo.

No era una mentira. Podía haber otros motivos para que se le retrasara el periodo.

–No seas tonta –Dante se puso en pie–. Eres una mujer inteligente, adulta. Tienes que saber si te ha faltado la regla.

–No soy yo la tonta aquí. Yo tengo una excusa, pero que un hombre de tu edad y experiencia olvide ponerse protección es absurdo.

–Cierto –Dante hizo una mueca–. Pero todavía no has contestado a mi pregunta. ¿Te ha faltado la regla?

–A lo mejor. No lo sé. No me viene con mucha regularidad de todos modos –dijo Beth y enseguida deseó haber dicho una mentira.

–No tengo mucha paciencia y soy un hombre muy ocupado. Necesito saberlo ahora, para organizar mi agenda si es preciso y causar la menor cantidad de problemas posibles. Tengo una reunión en Roma mañana a mediodía. Cuando llegué a Londres ayer esperaba encontrarte allí, y no a kilómetros de distancia, en mitad de la nada. Dijiste que había una cafetería en la bahía, ¿no? Vente conmigo. Necesito un café –le tendió una mano–. Y, si hay alguna farmacia, podemos comprar un test de embarazo y zanjar el asunto.

Beth le miró, boquiabierta.

–¿Estás loco? No podría comprar algo así en la farmacia de aquí. Todo el mundo me conoce y me convertiría en la comidilla del pueblo en un abrir y cerrar de ojos.

–Bueno, entonces iremos a la ciudad más cercana.

Beth trató de hacerle entrar en razón. ¿Qué hombre en su sano juicio se molestaba en buscar a una mujer después de haber tenido una simple aventura de un día y le pedía un test de embarazo? La ciudad más cercana estaba a cuarenta y cinco minutos en coche y esa tarde iría allí con Janet y su hija. Ya compraría uno entonces.

Pero Dante no estaba dispuesto a esperar. No había nada que pudiera decirle para hacerle cambiar de idea y, diez minutos más tarde, estaba sentada en su coche. Apretando los labios para no decir nada indebido, le vio rodear el capó y subir por el lado del conductor. El aroma de su perfume la envolvía.

–Bonito coche. ¿Qué le pasó al deportivo? ¿Ya te cansaste?

–Culpa tuya.

–¿Qué? ¿Qué dices? ¿Qué le pasó al coche?

Él se volvió hacia ella y esbozó una triste sonrisa.

–Aquel día, después de irme de tu apartamento, iba de camino a casa y de repente me di cuenta de lo que había hecho, o más bien de lo que no había hecho. Terminé empotrándome contra una camioneta en un semáforo en rojo.

–¿Le diste a una camioneta? ¿Con tu nuevo Ferrari?

–Está en la fábrica, en Italia, y es por eso que hoy tengo este. Estuve en Estados Unidos hasta hace diez días. Querría haberlo recogido ya, pero no he tenido tiempo.

—Bueno, parece que has tenido mucho tiempo para venir aquí.

—Sí. Pero solo porque cometí un error contigo. No me gustan los titubeos y no estoy dispuesto a esperar más. Tengo que saber si estás embarazada. Y, si lo estás, voy a tener que hacer algunos cambios en mi vida, y tú también. Estamos juntos en esto, Beth, nos guste o no.

Capítulo 6

DOS horas más tarde, habían vuelto a casa. Beth bajó del coche, todavía mortificada por la forma en que Dante se había comportado en la farmacia. No había tenido pudor alguno. Le había preguntado directamente a la empleada cuál era el mejor test de embarazo.

–Vamos dentro y terminemos con esto de una vez –le dijo él, agarrándola de la mano.

–Espera un momento –Beth se detuvo en el vestíbulo y se soltó de él. Le miró con frialdad–. Soy perfectamente capaz de ocuparme de esto yo sola. De hecho, lo prefiero.

– Ni hablar. Esto también es mi responsabilidad, y quiero saberlo.

–¿Eres tonto o qué? Te estoy dando luz verde para que te vayas. Puedes irte, hacer como si nunca me hubieras conocido. La mayoría de los hombres aprovecharía la oportunidad sin pensárselo dos veces.

–Pero yo no soy como la mayoría de los hombres. Y no puedo hacer eso. Recuerdo muy bien que nos acostamos, y si un bebé es el resultado de ese día, entonces es tan tuyo como mío, aunque la idea de ser padre me preocupa. Me pregunto si sería bueno.

Sorprendentemente, el corazón de Beth se encogió. ¿Era fragilidad lo que veía en esos ojos oscuros?

–Toma esto –le puso el kit en la mano y miró a su alrededor–. Dime dónde está la cocina y me haré una taza de café mientras te haces el test.

Estaban en mitad del vestíbulo. Había una puerta a cada lado. La escalera central se dividía a la mitad y terminaba en el rellano del primer piso.

Beth señaló a la derecha de la escalera.

–La cocina está por ahí.

De repente él la rodeó con un brazo. Le dio un abrazo y un beso en los labios.

–No te preocupes. Todo va a salir bien. Yo me aseguraré de ello –dijo y dio media vuelta.

Anonadada, Beth miró la cajita. Quería tirársela a la espalda. Parecía tan seguro de todo.

Veinte minutos más tarde bajó las escaleras y entró en la cocina. Su rostro era una máscara pálida. Puso el test sobre la mesa frente a la que estaba sentada Dante y se marchó sin decir ni una palabra. Se fue a la salita de estar y se dejó caer sobre un sofá. Binkie apareció enseguida, listo para frotarse contra sus piernas. Una sonrisa le tiró de los labios.

–Muy pronto, Binkie, ya no vamos a estar solo tú y yo. También habrá un bebé.

De alguna manera, decirlo en alto lo convertía en una realidad. Estaba embarazada.

–Increíble. Le dices a tu gato que estás embarazada, pero a mí me tiras el test a la cara.

Beth levantó la vista. Dante estaba en la puerta, mirándola con ojos de indignación.

–Quiero mucho a mi gato, pero tú no me importas nada. Y no importa cómo te den la noticia. La respuesta siempre va a ser la misma. Es todo culpa tuya. Si no me hubieras seguido para decirme que podía estar embarazada, yo hubiera tardado siglos en darme cuenta, y no te lo hubiera dicho al enterarme –le espetó, dando rienda suelta a la furia–. Parece que tu propósito en la vida es destruirme la mía. Primero me mandaste a la cárcel, después trataste de sacarme de mi apartamento a base de amenazas y al final me dujiste. Pero me temo que has marcado un gol en propia puerta, porque estoy embarazada.

Hablaba con desprecio, pero se estaba rompiendo por dentro. Esa mañana se había levantado llena de ilusión, pero Dante Cannavaro acababa de destrozarle la vida, otra vez.

Dante hizo una mueca. Ella estaba sentada, cruzada de brazos.

–Si quieres convertirme en el malo de la película, adelante. Pero eso no cambia el hecho de que estás esperando un bebé, y como padre quiero ocuparme de mi hijo, con o sin ti, ¿entendido?

Beth levantó la mirada hacia él. Recorrió las duras líneas de sus facciones, esos ojos fríos, decididos, su mandíbula poderosa.

–Sí.

Lo entendía todo muy bien. Era eso lo que más temía, pero estaba lista para plantarle cara.

–Es muy fácil decirlo, pero... ¿De verdad lo has pensado bien, Dante? –le preguntó, pronunciando su nombre con una lentitud especial–. Después de todo eres un hombre muy poderoso y rico, según Tony. ¿Qué van a pensar tus amigos cuando descubran que la madre de tu hijo es una mujer condenada por tráfico de drogas a la que mandaste a la cárcel? Me amenazaste con ir a la prensa. Yo puedo hacer lo mismo.

Le vio levantar las cejas. Era evidente que se estaba llevando una gran sorpresa.

–Las cosas no suenan nada bien cuando la amenaza va dirigida contra ti, ¿verdad? Cuando me dijiste que me mantuviera alejada de la vida de Tony me pusiste la etiqueta de mujer fatal, así que yo pude haber decidido que tú eras una apuesta mejor. A lo mejor te permití que me sedujeras con la esperanza de quedarme embarazada para conseguir tu dinero. ¿Cómo vas a vivir con eso?

Dante sintió que un músculo empezaba a contraerse en su sien. Se sentó junto a ella y apoyó el brazo en el respaldo del sofá, por detrás de sus hombros.

–Un escenario muy interesante, Beth, pero no creo que vayas a revelarle al mundo tu pasado criminal solo para hacerme daño, sabiendo que tu hijo sufriría las consecuencias. Y en cuanto al dinero, no es algo que me preocupe. Ahora mismo quiero conocer a nuestro bebé. Eso es todo.

Beth contuvo el aliento. Él tenía razón.

La observaba. Recorría su cuerpo con la mirada.

–¿Puedo?

Le puso la mano sobre el vientre y, durante una fracción de segundo, una extraña quietud se apoderó de ambos. La enormidad de lo que habían hecho se impuso de repente.

Dante levantó la vista. La miró a los ojos. Beth sentía su mano sobre el hombro, sus caricias en la cintura, que cada vez subían más... De repente algo inefable vibraba entre ellos. La sujetó con fuerza alrededor de los hombros. Le rozó los labios con un beso sutil. Su otra mano subió hasta acariciarle el pecho. Beth contuvo el aliento al tiempo. Su lengua le rozaba los labios, instándola a abrirlos. Cerró los ojos y se dejó llevar por ese beso profundo e intenso que suscitaba una ternura desconocida para ella.

Dante levantó la cabeza y Beth contempló esos ojos profundos como el océano. La sujetaba del cuello y empezaba a darle besos por la garganta. De pronto buscó sus labios con un gruñido y la besó con una pasión que no hacía más que aumentar. Buscó la curva de sus pechos con los dedos y entonces le tiró de un pezón, duro y erecto. Ella entreabrió los labios y dejó escapar un gemido. Él acababa de cerrar los labios alrededor del otro pezón, desencadenando una descarga de placer que la recorría de arriba abajo. Quería decirle que parara, pero su cuerpo volvía a la vida con cada una de sus caricias.

Él levantó la cabeza y la miró a la cara.

–¿Quieres, Beth?

La pregunta y el sonido de su voz profunda y grave rompieron el trance en el que Beth se encontraba.

–¡No! –gritó de repente. Se apartó bruscamente y trató de recobrar el aliento.

De pronto se dio cuenta de que tenía los tirantes del vestido bajados y los pechos descubiertos. ¿Cuándo y cómo había pasado? No tenía ni idea.

No era capaz de mirarle. ¿Cómo había podido sucumbir tan fácilmente a sus caricias? Volvió a subirse los tirantes. El tejido le arañaba los pezones hinchados, pero nada era comparable al daño que sentía por dentro.

Miró a Dante por fin. Él se había incorporado y había apoyado la cabeza en el respaldo del sofá. Una mano enorme la agarró de la barbilla y la hizo volverse.

–Dada tu respuesta inicial, no me creo eso de «una vez es más que suficiente» –había un toque de humor en su mirada–. Te conozco, Beth, y tenía razón. Te gusta flirtear, pero también tienes un talento especial para el sexo. Lo único que te detiene es esa testarudez y ese resentimiento que tienes contra mí. Pero yo puedo esperar –dijo y sonrió.

Esa fue la gota que colmó el vaso para Beth. Le hizo apartar la mano con brusquedad y se levantó del sofá.

–Y tú lo sabes bien porque eres todo un experto, ¿no? Dime una cosa... ¿Qué va a decir Ellen cuando se entere de que me has dejado embarazada? ¿No se suponía que os ibais a casar este mes? O a lo mejor no eres tú el padre de mi bebé. ¿Se te ha ocurrido pensarlo? Podría haberme acostado con algún otro hombre después de ti.

–No. No lo has hecho. Eres transparente como un cristal en algunas cosas, y lo del otro hombre se te acaba de ocurrir. Demasiado tarde para ser creíble, me temo –el humor que había en su mirada había desaparecido–. Y en cuanto a Ellen, ya no es asunto tuyo, ni tampoco mío. Rompimos y la boda fue cancelada, ¿recuerdas?

–¿Entonces dejas así sin más a la mujer que te amaba?

–Crece de una vez, Beth. El amor no tenía nada que ver con mi relación con Ellen. Decidí que era hora de casarse, y Ellen y yo tenemos la misma profesión y nuestras vidas son similares. Ella parecía la candidata perfecta. Éramos compatibles. Yo quería un hijo, un heredero, y ella decía que quería lo mismo, pero un día le dio por ponerse sentimental y me dijo que no la quería lo bastante. Me tiró el anillo de compromiso a la cara. Me di cuenta de que quería mucho más de lo que yo podía darle.

—¿Pero cómo puedes ser tan calculador? ¡No me sorprende que haya roto el compromiso!

—Pues es muy fácil. Y yo me acabo de dar cuenta de que ahora que estás embarazada mi problema está resuelto. Ya no tengo que buscar más. Quiero a este niño, te daré lo que quieras, todo el dinero que me pidas, con tal de que tengas un niño sano.

Beth abrió los ojos, escandalizada.

—Estoy seguro de que podemos llegar a un acuerdo aceptable para los dos y vivir cómodamente.

—Lo dudo mucho. Y como solo puedo estar de ocho semanas, es demasiado pronto para comprar al bebé, incluso para un demonio malvado como tú.

Dante se puso en pie y estiró el brazo. La agarró de la muñeca y la sujetó de la espalda, atrayéndola hacia sí.

—Nunca he sugerido tal cosa. Solo tú y tu mente retorcida podríais fraguar semejante pensamiento.

Beth fue incapaz de moverse durante unos segundos. No podía hablar. Solo sentía su aliento cálido sobre la cara, las emociones que batallaban en su interior. Pocos minutos antes había estado a punto de sucumbir a su irresistible sex-appeal. Si había alguien con una mente retorcida, ese era Dante.

—Pues eso es lo que me ha parecido, y no me pasa nada en la cabeza. El sentido común me dice que es

demasiado pronto como para empezar a hacer preparativos.

–Para mí no –dijo él entre dientes–. Tengo que
zanjar esto ahora. Y deberías saber que siempre consigo lo que quiero al final.

Beth se negó a tener miedo.

–Sí. Sé mejor que nadie que con tus mentiras y tus
argucias eres capaz de hacer cualquier cosa para conseguir tu propósito. Si te hubieras preocupado más
por tu propia relación en vez de inmiscuirte en la vida
de tu hermano, no estaríamos en este lío –le dijo con
rabia.

El rostro de Dante se oscureció.

–Lo hecho, hecho está, y no vuelvas a referirte a
nuestro hijo como un «lío» nunca más –enredó la otra
mano en su pelo y le echó atrás la cabeza. La miró con
ojos desafiantes–. Sé lo que eres, Beth, una mujer preciosa con un pasado turbio. No eres la clase de mujer
que hubiera escogido para ser la madre de mi hijo. Lo
admito, pero resulta que lo eres, y lo acepto. Acepto
que has conseguido enmendar tus errores. Ya es hora
de que me aceptes como el padre de tu bebé, y deja de
insultarme. Empieza a pensar en lo mejor para nuestro
hijo. Ya te he dicho que voy a dártelo todo, un hogar
para que vivas con todas las comodidades y te dedi-
ques a cuidar de nuestro hijo. Así es como va a ser.
¿Entendido?

Le dio un beso furioso y deslizó la mano por su
espalda hasta llegar a su hombro. Beth quería resistirse, pero era imposible. Los ojos se le cerraron involuntariamente y sucumbió al poder persuasivo de
esa boca peligrosa. Cuando él se retiró, tenía los brazos alrededor de su cintura y los labios entreabiertos.

Dándose cuenta de lo que había vuelto a hacer, bajó los brazos y cerró los puños con rabia. Le miró a los ojos y trató de descifrar esa mirada inquisitiva. Había deseo en sus ojos y algo más.

–¿Por qué me has besado?

–Porque no soy capaz de tener las manos quietas cuando estoy a tu lado –le dijo él, y era verdad–. O a lo mejor es para hacer que me escuches.

–Sí que te he escuchado. Has dicho que ibas a ocuparte de todo. ¿Y eso incluye casarte conmigo? –le preguntó con un gesto sarcástico–. Me parece que una propuesta de matrimonio no entraba en tus planes.

–Sí, claro que voy a casarme contigo. Pensé que te lo había dejado claro. Te dije que iba a darte todo lo que necesitabas... dinero, una casa donde vivir cómodamente...

–¡No! ¡Ni hablar! –exclamó Beth, horrorizada.

El sarcasmo había sido un arma de doble filo.

Se apartó, sacudiendo la cabeza, y volvió a sentarse en el único butacón de la salita de estar.

–He dicho lo de casarnos para hacerte entrar en razón. Para ser un abogado frío y serio, no has hecho otra cosa que comportarte como un poseso desde que entraste por la puerta, y yo he dejado que me arrastraras contigo. Pero la realidad es que ni siquiera he llegado a las nueve semanas de embarazo, y puede pasar cualquier cosa en las doce primeras semanas. No necesito tener esta conversación ahora. Tengo que acostumbrarme a la idea de tener un bebé, relajarme y descansar. Ponte en contacto conmigo dentro de unas semanas, si quieres, y entonces hablamos del tema. Si eso te viene mal, lo siento mucho. Pero definitivamente no voy a casarme contigo. Es mi cuerpo, mi bebé, y así van a ser las cosas. ¿Entendido?

Dante se mesó el cabello. Guardó silencio durante unos segundos interminables.

–Entiendo lo que dices, y comprendo que necesites tiempo para aceptar el hecho de que vas a ser madre –frunció el ceño–. Tengo que estar en Roma mañana y quiero que vengas conmigo. Haré que veas al mejor médico del país y puedes quedarte en mi casa de campo. Hay de todo en la casa y te cuidarán bien. Puedes descansar.

–No, gracias. Tengo mi propio médico y prefiero mi propia casa.

–Veo que tienes una casa muy bonita, pero está demasiado aislada para una mujer sola.

–No estoy sola. Tengo amigos, y soy perfectamente capaz de hacer todos los preparativos sola y sin tu ayuda.

Dante estaba a unos metros de distancia, taladrándola con la mirada.

–¿Qué preparativos?

Beth se puso en pie lentamente.

–Evidentemente ver a un médico es lo primero. Él me registrará en el hospital de la zona, que tiene una excelente reputación –fue hacia él–. Y ahora que ya lo tenemos todo arreglado, puedes irte –se detuvo y esperó a que él se moviera.

Sin decir ni una palabra, Dante se echó a un lado y la dejó pasar. Las cosas no iban a quedarse así.

Capítulo 7

BETH pasó por al lado de Dante y se dirigió hacia la cocina. De repente tenía mucha hambre. Miró en el frigorífico y sacó unos huevos, dos rebanadas de jamón, un pedazo de queso y vegetales para una ensalada. Lo puso todo sobre la isla de la cocina. Sacó una sartén grande y la colocó sobre el quemador.

–¿Puedo ayudarte?

No le había oído entrar. Miró por encima del hombro. Estaba justo detrás.

–No. Ya has hecho suficiente. Y pensaba que te había dicho que te fueras.

–No he comido nada desde que me fui de Londres esta mañana. Supongo que podría parar en el pub de la zona para comer algo. Bill parece un tipo muy hospitalario, y es evidente que le gustas. Me dijo dónde podía encontrarte. Seguro que le gustaría ser el primero en saber que estás embarazada.

–No. No quiero que nadie lo sepa, no hasta que lo confirme un médico –Beth sabía que se estaba aferrando a un clavo ardiendo–. Siéntate –señaló la mesa de la cocina–. Supongo que puedo darte de comer antes de que te vayas. Queso y tortilla de jamón con ensalada. Es todo lo que tengo.

–Gracias.

Para alivio de Beth sacó una silla y se sentó a la mesa.

Ella colocó el bol de ensalada sobre la mesa, junto con los condimentos y los cubiertos. Rompió seis huevos y en cuestión de minutos tenía las tortillas listas. Puso una en cada plato y fue hacia la mesa. Sacó una silla y se sentó delante de él.

–Que lo disfrutes –le dijo, tomando un cuchillo y un tenedor. Cortó la tortilla y se puso a comer en silencio.

–Esto está delicioso –dijo él.

Beth vio que había limpiado el plato.

–Cocinas muy bien –añadió él, sonriendo. Era una sonrisa auténtica, y había algo de sorpresa en su mirada.

–¡No te sorprendas tanto! Mi madre me enseñó y era una cocinera estupenda. Hacía unas tartas deliciosas. Seguramente por eso yo estaba un poco gordita cuando era niña –sonrió tímidamente–. Pero cuando murió empecé a adelgazar.

–Siento que hayas perdido a tus padres siendo tan joven, Beth. No sabía que tus padres habían muerto un año antes del juicio. Entiendo que el dolor puede hacer que la gente se comporte de manera irracional.

–Oh, por favor. No necesito tu falsa compasión –le dijo ella en un tono mordaz–. Y no insultes mi inteligencia. Era inocente. Bewick y su compinche me tendieron una trampa y tú acabaste de rematarme. Dime... ¿A cuánta gente inocente has mandado a la cárcel? ¿Tienes idea?

–A nadie. El jurado te declaró culpable. No fui yo. Como abogado, hice aquello por lo que me pagaban. Presenté el caso lo mejor que pude, basándome en las pruebas aportadas por la policía y los testigos. No tenía nada personal en contra tuya y cualquier otro abogado mínimamente bueno hubiera obtenido el mismo resultado. Ese fue mi último caso penal. Ahora mi especialidad son los litigios comerciales.

Beth abrió los ojos, asombrada.

–¿Fue tu último caso en lo penal? Bueno, eso me hace sentir mucho mejor –dijo en un tono lleno de sarcasmo–. Lo has dicho todo sin la más mínima pizca de ironía y suenas muy creíble, pero ese es tu fuerte, ¿no?

–Piensa lo que quieras.

Algo desconocido relampagueó en sus ojos durante una fracción de segundo, pero Beth no tuvo tiempo de entender qué era.

–La experiencia me dice que las mujeres siempre lo hacen.

Beth echó atrás su silla y se puso en pie.

–Eres un chovinista –recogió los platos.

–Bueno, no lavo platos.

Beth casi sonrió de camino al fregadero. Puso el tapón y abrió el grifo. Agitó el agua con la mano durante unos segundos y entonces cerró el grifo. Añadió algo de jabón, rumiando lo que Dante acababa de decirle.

Aclaró los platos y los puso a escurrir. Al oír el sonido de su voz se dio la vuelta. Él tenía el móvil en la mano y hablaba a toda velocidad en italiano, gesticulando sin parar.

–Trabajo –le dijo de pronto. Todavía tenía una sonrisa en los labios. Se guardó el teléfono en el bolsillo.

Beth contuvo el aliento. Se sentía tentada de sonreír, y eso la asustaba. Dante Cannavaro era apuesto y carismático cuando le convenía, pero ella había visto su otra cara. Había visto a ese hombre dominante y mandón. Tenía que librarse de él.

–¿Sabes, Dante? Te he odiado durante años y ahora me doy cuenta de que estaba malgastando mis emociones –le dijo, manteniendo un rostro impertérrito–. Nunca vas a cambiar, y siempre tienes razón, lo cual no le augura muy buen futuro a mi hijo. Un padre autoritario es lo último que necesita un niño. Y de verdad creo que deberías irte ahora.

–Estoy de acuerdo. Pero quiero que vengas conmigo. No me gusta la idea de dejarte sola en este lugar.

–No voy a estar sola. Ya te dije que luego vienen Janet y Annie y vamos a estar fuera todo el día.

Esbozó una sonrisa que no le llegaba a los ojos.

–Que tengas buen viaje –se volvió hacia el fregadero y sacó el tapón.

Oyó el sonido de una silla al ser arrastrada sobre el suelo. Se iba...

Agarró un trapo, se secó las manos y se dio la vuelta, pero él seguía allí, delante de la mesa.

–Pensaba que te habías ido –le dijo, clavándole la mirada.

–No me gusta recibir órdenes, pero cuando las doy, espero que sean acatadas. Es algo que tendrás que aprender cuando estemos casados.

–¿Casados?

–Sí, casados.

Beth no daba crédito a lo que acababa de oír.

–Te voy a dejar algo muy claro. No me voy a casar contigo. Tendría que estar loca para casarme con un hombre que cree que soy una criminal y una mujer fatal que se aprovecha de jovencitos. Y mi opinión sobre ti es igual de mala, si no peor. No me gusta quien eres, y lo que eres. Y no te quiero.

–No tengo tantas ganas de casarme contigo, pero hay un bebé en medio. Siempre y cuando nos trate-

mos con respeto y concentremos toda nuestra energía
en darle al niño el amor y los cuidados que necesita,
no veo por qué tiene que haber problemas. Nos llevamos bien en la cama, y desde mi experiencia te
digo que prefiero el sexo antes que el amor, si es que
existe, aunque lo dudo mucho.

Beth se ruborizó. Las imágenes de lo que había
ocurrido en el sofá de su salón unas semanas antes la
asaltaron de repente.

–Ese es el argumento más frío que he oído en toda
mi vida, muy típico de ti.

–No. Solo soy sensato. Quiero que mi hijo nazca de
manera legítima, y que crezca en Italia, igual que yo,
en la finca de mi familia. Pero yo viajo mucho, y paso
bastante tiempo en Londres, así que no me importa si
te quedas con esta casa y te alojas aquí cuando yo esté
en la ciudad, siempre y cuando cuides de nuestro hijo.

Beth montó en cólera.

–No. Casarme contigo es una opción que está
fuera de discusión. Eso nunca va a pasar.

–Tal y como lo veo yo, tienes dos opciones. Nos
casamos o te llevo a los tribunales para conseguir la
custodia de mi hijo, lo cual será un proceso largo y
doloroso que podría durar años. Y sabes que ganaré
al final. Tú elijes.

Beth se sintió como si el aire se le hubiera esca-
pado de repente de los pulmones. Le miró con ojos
de horror.

–¡Esa no es una elección! –gritó. Levantó la barbilla–. Mi madre, fuera quien fuera, me abandonó en
la sala de urgencias de un hospital. Yo quería mucho
a mis padres adoptivos, pero jamás renunciaría a la
custodia de mi hijo. No obstante, no pienso volver a

enfrentarme a ti en un tribunal después de lo ocurrido la última vez. No soy tan estúpida. Sé que eres un demonio perverso y tengo muy poca fe en la justicia que ejerces. En cuanto a lo de casarme contigo, pasar el resto de mi vida contigo es una alternativa que no entra en mis planes.

Dante no sabía que era adoptada. El investigador no había llegado tan lejos.

–Entonces no pienses en el resto de tu vida. Nada dura para siempre –le dijo, arqueando una ceja con sarcasmo–. Y aunque no estoy a favor del divorcio, en estas circunstancias estoy dispuesto a hacer concesiones. Cuando el niño cumpla tres años, y sea lo bastante mayor como para reconocer a sus padres, si la vida de casada te resulta realmente insoportable, te daré el divorcio con la custodia compartida. Es más, lo reflejaré en un acuerdo prematrimonial.

–Un matrimonio con una cláusula especial para poder escapar, ¿no? –dijo Beth.

–Sí, tal y como te he dicho.

–¿Tengo elección?

–Ya sabes cuál es la alternativa. ¿Es eso lo que quieres?

–No, definitivamente no.

Dante la agarró de los hombros. Sus ojos la miraban con una seriedad escalofriante.

–Entonces decídete. ¿Qué va a ser? ¿Sí o no?

–Sí, supongo –dijo Beth, conformándose con el negro futuro que tenía por delante–. Quiero un acuerdo a prueba de...

Una voz la interrumpió.

–Oye, Beth... Vaya coche hay ahí fuera. ¿Sabes de quién es?

Janet acababa de entrar en la cocina con Annie. Se paró en seco al ver a Dante.

–No –dijo Beth rápidamente–. Sí, quiero decir. Este es...

Dante le dio un beso en los labios de repente. La soltó y fue hacia la recién llegada.

–Soy Dante, un amigo de Beth. Tú debes de ser Janet –sonrió y le estrechó la mano a la joven–. Beth me ha hablado mucho de ti. Es un placer conocerte por fin, a ti y a la pequeña Annie.

–Oh... Oh, hola –dijo Janet, tartamudeando–. Pero cómo eres, Beth. No sabía que tenías novio.

–Nos conocimos hace años y reanudamos nuestra relación hace poco, pero a Beth le gusta tenerme escondido –dijo Dante, sin pudor alguno–. Y quiero que venga a Italia de vacaciones para enseñarle mi casa y convencerla de que se case conmigo –le dedicó su mejor sonrisa a Janet.

–Ah, un amante latino... Debería haberlo sabido –Janet se volvió hacia su amiga.

Beth no pudo esconder el rubor.

–No me puedo creer que no hayas mencionado a este hombre maravilloso ni una vez. Pero no me extraña. Si fuera yo, le mantendría escondido también –sonrió y miró a Dante de arriba abajo.

Beth soltó el aliento.

–No lo entiendes...

–¿Pero qué es lo que hay que entender? Unas vacaciones en Italia suenan muy bien. ¡Y el hombre quiere casarse contigo! Acepta pronto, antes de que cambie de idea.

–Es que no puedo irme a Italia así como así. No

puedo dejar a Binkie, y los constructores están a punto de empezar con las reformas.

—No te preocupes. Yo me ocupo de Binkie. Y en cuanto a las reformas, tienes por lo menos dos semanas de vacaciones antes de que empiecen.

Diez minutos después, de alguna forma incomprensible, Beth terminó parada junto al Bentley, con Dante. Su futuro estaba más o menos decidido.

Él la besó y le dijo que la llamaría al día siguiente para confirmarlo todo. Ya tenía su número de casa, así que le dio su tarjeta con una lista de números a los que podía llamar para contactar con él. Casi tenía que dar las gracias por no verse arrastrada a Italia ese mismo día. Por lo menos tenía un par de días para pensar en alguna alternativa.

Para cuando se fue a la cama esa noche estaba agotada, pero tenía la cabeza saturada de pensamientos y no podía dormir. Habían pasado tantas cosas ese día. Janet le había hecho toda clase de preguntas, pero no había sido capaz de decirle que estaba embarazada.

Al día siguiente llamó a Clive y le dijo que se iba de vacaciones a Italia durante dos semanas. Tampoco fue capaz de decirle la verdad, no obstante. Le dijo que le llamaría a su regreso, pero él le comentó que iba a pasar tres meses en Australia, dando conferencias en universidades.

De repente se sintió más sola que nunca.

A las dos de la tarde del viernes, Beth bajó del avión en Roma. Fue recibida por un señor uniformado que la acompañó a la aduana. El hombre le dijo que se harían cargo de su equipaje y la llevó directamente a la sala VIP. Se suponía que el «señor Cannavaro» se iba a reunir con ella allí.

Nerviosa, se alisó el vestido de cachemira que llevaba puesto y miró a su alrededor. Había algunos ejecutivos, pero Dante no aparecía por ningún lado. A lo mejor había cambiado de idea...

La reunión de Dante se dilató más de lo previsto y los atascos le retrasaron aún más. Cuando llegó al aeropuerto se detuvo en la puerta de la sala. Allí estaba ella, caminando de un lado a otro. Llevaba un vestido de manga larga que seguía las curvas naturales de su cuerpo, terminando por encima de la rodilla. Unos tacones altos realzaban sus fabulosas piernas. Estaba preciosa. Una imagen vívida de esas mismas piernas, enroscadas alrededor de su cintura mientras se hundía en ella hasta el fondo, se presentó en su mente.

Tomó el aliento y avanzó. Todos los hombres la miraban. Durante una fracción de segundo una furia negra corrió por sus venas...

Beth empezaba a preguntarse si Dante realmente había cambiado de idea. No aparecía por ninguna parte. Volvió a mirar el reloj.

–Beth, *cara.*

Oyó su voz y se volvió. Iba hacia ella. Un inesperado revoloteo le llenó el estómago. Llevaba un traje negro, camisa blanca y una corbata de rayas. Estaba impresionante, y también furioso.

La agarró de los hombros y le dio un beso firme,

sin contemplaciones. Beth apoyó las manos sobre su pecho, pero por alguna razón terminó extendiendo los dedos sobre la suave seda de su camisa.

Fue él quien terminó el beso.

–Siento llegar tarde, pero... ¿Tenías que pasearte por la sala de un lado a otro?

–¿Pasearme? –repitió Beth.

Dante sacudió la cabeza.

–No me puedo creer lo que acabo de decir. Eres una mujer imposible, Beth –la agarró del brazo–. Vamos. Salgamos de aquí.

La sacó del aeropuerto con tanta rapidez que casi tuvo que correr para alcanzarle.

Cinco minutos más tarde, el conductor le abrió la puerta de una flamante limusina negra. Dante le dijo que entrara rápido.

Beth se sentó atrás, lo más lejos posible de él. En Italia hacía mucho más calor y el vestido de cachemira no había sido una buena elección, pero el aire acondicionado estaba encendido. Le miró, y el resentimiento que llevaba dentro desde la última vez que le había visto se desbordó sin avisar.

–Me diste unos días nada más para prepararme para unas vacaciones que no quiero, y ahora me sacas del aeropuerto como si esto fuera una maratón. ¿Por qué tanta prisa?

–Tienes una cita con el médico y vamos a llegar tarde.

–¿Qué cita? –le preguntó Beth, fulminándole con la mirada.

–La que te he pedido. No te preocupes. Es el mejor médico de Roma.

–Espera un momento. Me habías dicho que me iba

a quedar en tu casa de campo. En cualquier caso, no puedo bajarme de un avión e irme directamente al médico.

Dante frunció el ceño.

–¿Y por qué no? Cuanto antes veas al médico, mejor. Quiero que me confirmen que el bebé está bien antes de llevarte al campo.

–Sí. Te entiendo –dijo ella, y era cierto.

Quería asegurarse de que estuviera embarazada antes de casarse con ella.

Era una clínica privada. El doctor Pascal era un hombre encantador que hablaba inglés. Les hizo algunas preguntas a ambos.

–¿Hay algún caso de enfermedades hereditarias en la familia?

Durante una fracción de segundo Beth no supo qué decir.

–Mi novia fue adoptada al nacer –dijo Dante y le agarró la mano–. No puede saberlo.

–No importa. Ya tengo suficiente información –el doctor Pascal llamó a una enfermera y le pidió que llevara a Beth a la sala de reconocimiento.

Unos minutos más tarde, estaban de vuelta en el despacho del médico. Dante se puso en pie de golpe.

–¿Todo está bien, doctor? –le preguntó al médico sin siquiera mirarla.

El médico sonrió.

–Todo está perfecto, señor Cannavaro. El bebé se encuentra bien. Es usted un hombre afortunado –miró a Beth un instante–. Su novia es una joven muy sana y está en buena forma. Está embarazada de unas nueve semanas. He pedido cita para una ecografía dentro de dos semanas.

Sin mostrar emoción alguna, Dante le dio las gracias al médico en italiano. Hablaron durante unos minutos más y entonces se marcharon.

Beth volvió a subir a la limusina y se dedicó a mirar por la ventanilla. El tráfico de Roma era denso.

–Ya no hay vuelta atrás –dijo Dante–. Si me das tu pasaporte, lo arreglaré todo para casarnos por lo civil en Roma dentro de dos semanas. En estas circunstancias, será mejor que no digamos nada ni a la familia ni a los amigos hasta que haya pasado todo.

Beth se puso erguida. Abrió los ojos, sorprendida. No había sentimiento alguno en la mirada de Dante.

–No tenemos por qué precipitarnos. Tiene más sentido esperar a que nazca el bebé.

–A lo mejor con otra mujer sí, pero no pienso arriesgarme contigo. Tienes mucho peligro. Ya te has cambiado de identidad una vez. No tienes familia, ni jefe, ni vínculos de ningún tipo, y no es que estés en la ruina precisamente. Podrías desaparecer en cualquier momento, y no puedo emplear más tiempo en buscarte.

–Eres... Eres... ¿Y qué me va a impedir escapar una vez estemos casados? ¿O es que me vas a mantener prisionera durante los próximos tres años?

–No hay que ponerse dramático –dijo Dante en un tono sarcástico–. Una vez casados no tendría que malgastar mi tiempo buscándote. Serías una esposa desaparecida, y las fuerzas de seguridad harían el trabajo por mí.

Beth respiró hondo. Quería matarle, pero ni siquiera podía hablar.

–Nos casamos en dos semanas, como he dicho. Y

volveremos a Londres el domingo para que mi madre te conozca. Después volveremos a tu casa antes de que lleguen los constructores el lunes. ¿De acuerdo?

–De acuerdo –dijo Beth, sin expresión alguna en el rostro. Abrió el bolso y le dio el pasaporte. Sus dedos se rozaron un segundo y por primera vez desde la muerte de Helen sintió ganas de llorar.

Tenían que ser las hormonas. Respiró profundamente.

–¿Te encuentras bien? Pareces cansada.

–Sí. Ya oíste al médico. Estoy bien. Pero es un detalle por tu parte preocuparte –le espetó con sarcasmo. Lo único que le importaba era el bebé.

El resto del viaje transcurrió en silencio.

–Beth, despierta. Hemos llegado.

Abrió los ojos de repente y se dio cuenta de que estaba rodeada por el brazo de Dante, con la cabeza apoyada sobre su pecho. Se incorporó bruscamente y se alisó la falda sobre los muslos. ¿Cómo se había quedado dormida sobre él?

Capítulo 8

BETH bajó del coche y miró a su alrededor. Estaba oscuro, pero se veía la fachada de la casa. Unas puertas dobles, enormes, estaban abiertas. Había luz dentro. Dante la agarró del brazo y la condujo al interior.

Le presentó a Sophie, el ama de llaves, a su marido, Carlo, y a tres empleados más cuyos nombres no fue capaz de recordar. Una enorme escalinata de mármol presidía el vestíbulo.

–Te enseñaré tu habitación –miró el reloj–. Tienes cuarenta y cinco minutos para establecerte. Sophie insiste en servir la cena no más tarde de las nueve y, como ha trabajado aquí desde antes de que yo naciera, no puedo discutir con ella.

–Bien –dijo Beth, con una sonrisa de sorpresa.

Y la sonrisa se le agrandó cuando Dante la llevó a su dormitorio. Era una estancia indiscutiblemente femenina, pintada de blanco y decorada en tonos pastel. No era la habitación principal.

–Gracias. Es una habitación preciosa.

–No me des las gracias. Dáselas a Sophie. Fue ella quien la escogió. Le dije que una amiga mía se quedaba durante un par de semanas y es evidente que trata de impresionarte.

–Pues lo ha conseguido –le dijo Beth cuando se marchaba.

En ese momento Carlo llegó con su equipaje y una empleada la acompañó al vestidor y al cuarto de baño.

Quince minutos más tarde, más fresca y algo más relajada, Beth salió de la ducha y se envolvió en una toalla blanca. Se dirigió hacia el vestidor. Los empleados se habían marchado, pero le habían sacado la ropa de la maleta. Rápidamente encontró el cajón en el que tenía la ropa interior. Sacó un juego de braguitas y sujetador de encaje blanco y se los puso. Se sentó frente a la cómoda, se cepilló el pelo y se echó un poco de crema en la cara. Un toque de máscara y algo de brillo en los labios completaron el look.

Después de cuarenta y cinco minutos exactos, Beth descendió la escalinata. Llevaba un vestido verde de seda hasta la rodilla y unos zapatos negros de tacón pequeño.

Al llegar al pie de las escaleras, miró a su alrededor. Abrió la primera de las dos puertas que estaban a la izquierda y descubrió el comedor al otro lado. Nada más entrar se detuvo.

Junto al hogar estaba Dante, con una copa en la mano.

–¡Ya estás bebiendo! –le dijo, extrañamente turbada por su atuendo.

Llevaba un traje negro y estaba imponente. Beth se puso tensa de inmediato.

–Con ese vestido podrías hacer que cualquier hombre se abandonara a la bebida.

Fue hacia ella y la agarró del brazo.

–Estás preciosa.

–Gracias –murmuró ella.

El calor de su mano le aceleraba el pulso y cada vez era más difícil mantener la compostura. Sentía que, si no la soltaba rápidamente, se derretiría a sus pies. Dante la ponía furiosa y la fascinaba al mismo tiempo. Era una fuerza de la naturaleza, magnífico, pero letal.

Unos minutos más tarde, estaban sentados a la mesa. Dante presidía y Beth estaba sentada a su derecha. Sophie apareció con el primer plato. Carlo iba detrás con el vino. Le ofreció una copa, pero Beth prefirió agua.

–¿Qué prefieres, Beth? ¿Agua con gas o natural?

–Natural, por favor –sacó la servilleta y se la puso sobre el regazo.

Sophie sirvió la comida. Era un plato delicioso de pasta, seguido de un risotto con champiñones y lubina.

Dante bebía vino y conversaba. Beth se enteró de que había viñedos en la finca y también se rio mucho con las historias de su infancia. A los seis años de edad había intentando pisar la uva en un cubo para hacer su propio vino.

Le preguntó por el cuadro que colgaba sobre el hogar. Él le dijo que era de su padre, que había muerto a los cincuenta y dos años en un accidente de tráfico. Los retratos que estaban en la pared de la escalera y en el vestíbulo eran de sus ancestros. De alguna forma esos cuadros le recordaron lo que le esperaba durante los tres años siguientes.

Cuando llegó la hora del postre, Beth se había quedado sin apetito. Ese Dante ingenioso y relajado empezaba a ablandarla por dentro.

Él le sugirió que tomaran el café en el salón.

–Si no te importa, me saltaré el café –Beth se puso

en pie rápidamente. Se tocó el abdomen–. Estoy muy cansada después del viaje, la visita al médico y todo lo demás. Me gustaría irme a la cama.

–Muy bien. Te acompaño a tu habitación.

Mientras subía las escaleras, sintiendo la mano protectora de Dante sobre la espalda, Beth se preguntó cómo era posible que la chica de éxito que era tres meses antes pudiera haber sido tan estúpida como para terminar de esa manera. Al llegar a la puerta de su habitación se volvió y miró a Dante para darle las buenas noches, pero él la agarró de la cintura. Le abrió la puerta del dormitorio y la acompañó dentro.

–Buenas noches, Dante –le dijo con firmeza y le puso las manos sobre el pecho para apartarle.

Él le agarró las manos.

–¿Es que nuestra relación no se merece ni un beso?

–Eso no es necesario.

Beth le miró a los ojos. En ellos brillaba el deseo.

–Para mí sí que lo es –dijo él y entonces capturó sus labios.

Todo pasó muy rápidamente. Un segundo más tarde estaba dentro del dormitorio, acorralada contra el cuerpo de Dante, moviendo los brazos erráticamente. Pero su resistencia no tardaría en desaparecer. Ya no quería golpearle, sino sujetarle de los hombros. Un gemido suave escapó de sus labios.

Dante levantó la cabeza, recorriendo su cuerpo de arriba abajo con la mirada. Sus ojos se detuvieron un instante sobre la curva de sus pechos. Metió los dedos por dentro del encaje blanco del sujetador. Le acarició un pezón.

–Me gusta tu ropa interior, Beth, pero te prefiero desnuda –dijo y volvió a besarla.

Ella entrelazó las manos alrededor de su cuello y abrió los labios, dejándole entrar con la lengua. En ese momento solo existía él, su sabor. El placer de sus caricias borraba todo pensamiento cuerdo de su mente.

De repente, él la agarró de la cintura y la levantó en el aire, manteniéndola a distancia. Beth se inclinó hacia delante, pero él la agarró con más fuerza todavía. Le miró a la cara y vio auténtica pasión en sus ojos, pero también vio determinación en el rictus duro de su boca. El amante ardiente ya no estaba y en su lugar se encontraba el Dante autoritario de siempre.

—Te deseo, Beth, y podría tenerte ahora. Tu cuerpo me dice que cada vez que te toco... Si te sirve de consuelo, es igual para mí. La química que hay entre nosotros es dinamita. Pero tenemos que aclarar unas cuantas cosas.

Mientras luchaba por controlar sus caprichosos y extraviados sentidos, Beth sucumbía a un tormento desconocido hasta entonces. El corpiño del vestido se le abombaba por delante, dejando ver su sujetador. El único consuelo era saber que él también sentía ese fuego, esa atracción instantánea. Sin palabras, le miró a la cara.

—Para que este matrimonio funcione necesitamos poner algunas reglas. La primera es evidente. Tendremos una relación normal. No estoy hecho para el celibato, y tú tampoco.

Beth trató de ajustarse el escote del vestido.

—No. Esta noche no —le dijo él con un toque de burla—. Puedo esperar a que nos casemos. El médico me dijo que eres una mujer saludable, y que el sexo no te hará daño, ni a ti ni al bebé.

–¿De verdad le preguntaste al médico? –Beth encontró la voz por fin.

–Claro. Quiero cuidar bien de ti y del bebé, y eso me lleva al segundo punto –sorprendentemente la soltó y le ajustó el vestido atándole el lazo que llevaba a la cintura–. Me distraes demasiado. Tenemos que presentar un frente común ante los amigos y la familia, con todo lo que eso implica. Que no trates de huir de mí cuando me acerco sería un buen comienzo, sobre todo en público, porque espero que desempeñes el papel de esposa. También te he abierto una cuenta personal en mi banco.

–Eso no es necesario.

–Sí que lo es, Beth. Nada de discusiones. Mañana nos vamos a Milán a comprar un anillo y ropa adecuada para tu posición. Suelo asistir a unos cuantos eventos sociales, y una vez nos casemos tendrás que acompañarme. Tengo que volver a Roma mañana, pero trataré de volver el fin de semana que viene. Si no es así, volveré a por ti el viernes siguiente para tu cita con el médico. La ceremonia civil será el sábado. Mientras tanto puedes descansar un poco y relajarte, tal y como querías. ¿Todo claro?

–Sí –dijo Beth. Poco a poco empezaba a conformarse con el destino que estaba por venir. Pasaría unos cuantos años atada a Dante Cannavaro y, cuanto antes lo asumiera, mejor se sentiría consigo misma–. ¿Puedo irme a la cama ya? De verdad que estoy muy cansada.

–Claro. Lo demás puede esperar hasta mañana –le dio un beso sutil–. Que duermas bien –arqueó una ceja–. Si puedes –añadió y se marchó.

Beth se quedó allí de pie. Por desgracia no podía negar que tenía razón. Era demasiado débil como para resistirse a su futuro marido. A lo mejor ni siquiera debía resistirse... ¿Tan difícil sería desempeñar el papel de la *signora* Cannavaro?

Sus padres la habían criado bien. Como contable estaba acostumbrada a relacionarse con clientes adinerados, y entre ellos había toda clase de gente, lo mejor y lo peor. La jet set de la sociedad, por tanto, no la engañaba en absoluto. Y teniendo en cuenta el currículum sentimental de Dante, no podía hacerse ilusiones. Probablemente se cansaría de ella en pocos meses, o quizás semanas...

Pero siempre le quedaría ese bebé al que amar y cuidar, y eso era todo lo que le importaba. Cuando acabaran esos tres años, seguramente no volvería a fijarse en un hombre.

La luz del sol que entraba por la ventana hizo parpadear a Beth. Olía a café. Abrió los ojos de pronto. Tenía la cara pálida. Se incorporó y vio a Sophie junto a la cama, con una bandeja en las manos.

–Déjalo en la mesita de noche, Sophie. Gracias. Tengo que ir al servicio y ducharme antes.

–Ah, por supuesto –dijo Sophie con una sonrisa enorme en su rostro radiante–. ¿Qué le gustaría tomar para desayunar?

–Un té y una tostada. Gracias.

Esperó a que la empleada abandonara la habitación y entonces se dirigió hacia el cuarto de baño. Quince minutos más tarde, abrió su armario y miró la ropa. ¿Qué debía ponerse para ir de compras a Milán, la capital de la moda en Italia? Las alternativas eran limitadas. Había llevado algo de ropa de diario, pero no tenía mucho más, aparte de ese vestido que se había puesto la noche anterior. Se fijó en un vestido y en un traje elegante. Había sudado mucho con el vestido de lana, así que se decantó por el de lino ese día.

Dante esperaba con impaciencia al pie de la escalera y al verla aparecer supo que estaba en un lío. Beth Lazenby era preciosa, elegante y le cortaba la respiración. Enseguida reconoció el vestido que llevaba, y la prenda tuvo el mismo efecto en él que aquel día en Londres. Pero esa vez era peor, porque sabía lo que se perdía...

Su pelo, gloriosamente pelirrojo, le caía en cascada sobre los hombros. Llevaba un maquillaje discreto; un toque de sombra de ojos, máscara y brillo de labios. Su piel, perfecta e inmaculada, resplandecía a la luz del día.

¿Por qué no se la había llevado a la cama la noche anterior cuando había tenido oportunidad? En vez de eso se había dedicado a ponerle reglas al matrimonio y había vetado el sexo hasta después de la boda. Sin duda había perdido la cabeza durante unos minutos.

La agarró del brazo antes de que pisara el último peldaño.

–Bien. Ya estás lista. ¿Pero qué has hecho con Sophie? No hace más que bailar por toda la cocina con una enorme sonrisa en la cara, preparando un té y unas tostadas.

–Buenos días para ti también. Y no le he hecho nada a Sophie. Me preguntó qué quería para desayunar y se lo dije. Así que, si no te importa, me gustaría ir a comer algo antes de que nos vayamos.

Dante vio que Carlo se acercaba en ese momento y le dio un beso en los labios.

–Muy bien, *cara*, pero que sea rápido. Voy a ver si el helicóptero está listo.

¿Cómo no se le había ocurrido pensarlo? Un hombre como Dante Cannavaro pilotaba su propio helicóptero. Siempre tenía que controlarlo todo. Beth se abrochó el cinturón de seguridad.

–Pensaba que los coches eran tu pasión secreta, no los helicópteros.

Él le lanzó una sonrisa.

–Y lo son. Pero me encanta todo lo que tiene un motor. También tengo una lancha y un yate en mi casa de Portofino.

Beth sonrió y sacudió la cabeza.

–¿Por qué no me sorprende?

El helicóptero aterrizó encima de un edificio muy alto. Beth contempló la ciudad que se extendía a sus pies con una sensación de pánico.

Dante la hizo entrar en el edificio. Entraron en el ascensor y él pulsó el botón de la planta baja. Beth apretó los dientes. Todos los músculos de su cuerpo se tensaban y su estómago subía al tiempo que el ascensor descendía. Mantuvo la vista al frente.

Dante miró a Beth y vio su cara de terror.

–¿Estás bien? –le preguntó, rodeándole los hombros con el brazo.

–Sí. Bien. Es que me pongo un poco claustrofóbica en los ascensores. Me pasa desde que salí de la cárcel. Creo que es por la luz. No tengo problema con los de cristal que van por fuera.

–¿Y por qué no me lo has dicho? Casi todas las mujeres que conozco lo gritarían a los cuatro vientos, pero tú no me dices nada.

–¿Y para qué? Nunca te crees nada de lo que te digo.

Beth mantenía la mirada fija en el panel de botones del ascensor, así que no le vio fruncir el ceño. Cuando la luz de la planta baja se encendió, se soltó rápidamente y salió del ascensor. No paró hasta haber llegado a la calle.

Tomó el aliento varias veces. Por lo menos no había sentido náuseas esa vez. Dante se reunió con ella y la agarró de la cintura.

–¿Cómo te sientes? –le preguntó. Le subió la barbilla con la punta del dedo.

–Bien. Ya te lo dije. No es un problema –le dijo, sacudiendo la cabeza para que le soltara la barbilla–. Bueno, vámonos de compras. Es por eso que hemos venido, ¿no? Necesito distraerme un poco y las compras ayudan.

–Muy bien. Primero vamos a la joyería a por el anillo –dijo Dante y echó a andar–. Como va a ser una ceremonia civil no hace falta vestido de novia, pero si quieres uno...

–No –se apresuró a decir Beth–. Me casaría con un saco de patatas, pero me vale cualquier cosa que elijas.

Dante guardó silencio un momento. De repente se la imaginó desnuda, en su cama...

Cinco minutos más tarde estaban sentados en una exclusiva joyería con una colección de anillos de platino delante.

—Escoge el que más te guste.

—No. Escoge tú. Después de todo, ha sido idea tuya.

Dante solo necesitó dos minutos para decidirse. Para sorpresa de Beth, se decantó por un juego de alianzas iguales. Antes de marcharse, le dio su dirección de Roma al joyero para la entrega.

—No sé quién se ha sorprendido más, si he sido yo o el joyero —le dijo Beth mientras caminaban—. Jamás imaginé que fueras la clase de hombre que se pone un anillo de boda.

—De alguna manera creo que no me ves en absoluto —le dijo Dante en un tono críptico.

La hizo entrar en una boutique de firma. Mientras Beth admiraba el interior de la tienda, Dante habló con dos dependientas muy atentas.

—¿Beth?

Regresó junto a ella.

—Estas dos señoritas te atenderán y luego me enseñas el resultado.

Se sentó en un sofá y le sonrió.

—Adelante, Beth. No tenemos todo el día.

—Sí, señor —dijo ella, con ironía.

En ese momento apareció otra empleada y le ofreció un café. A juzgar por la forma en que le trataba, no solo le estaba ofreciendo un café. Beth apartó la mirada. ¿A cuántas mujeres habría llevado allí? Parecía que le conocían muy bien.

Lo que pasó a continuación fue toda una revelación para Beth. Desfiló ante Dante con toda clase de vestidos y trajes, de día y de noche. Él la observaba desde el sofá con una sonrisa en los labios y un destello pícaro en la mirada, y hacía comentarios sobre el entalle y el estilo. Era evidente que se lo estaba pasando muy bien a su costa. Beth se enfadaba cada vez más.

Cuando la empleada la metió en un entallado vestido de noche de color plateado, decidió que ya había tenido bastante.

—Bueno, este me gusta mucho. Nos lo llevamos —dijo Dante, incorporándose.

Beth iba hacia él. Dio una vuelta lentamente y le oyó contener el aliento. Le miró por encima del hombro. Su cara era de absoluto asombro.

—¿Seguro? —fue hacia él y se sentó en su regazo.

Le rodeó los hombros con un brazo y deslizó un dedo sobre sus labios.

—¿De verdad crees que esta soy yo?

Dante estaba sin palabras. Era la primera vez que ella se le acercaba con una sonrisa, la primera vez que le tocaba. Olvidando dónde se encontraba, la rodeó con ambos brazos. Sentía la caricia de sus labios contra la oreja.

—Ya basta —susurró ella—. Recuerda por qué estoy aquí. Este vestido es una pérdida de dinero. Dentro de dos semanas no podré ponérmelo.

Él la hizo volver la cabeza y le dio un beso fiero que la tomó por sorpresa. Lo único que sentía era el calor del deseo, la presión de su mano sobre la espalda y la dureza que se le clavaba en el trasero. Cuando dejó de besarla estaba sin aliento.

—Tienes razón, sí —dijo. La agarró de la cintura y la hizo levantarse al incorporarse—. Y yo también. Te encanta flirtear y provocar.

Esa actitud le recordaba cómo era en realidad Beth Lazenby. Casi lo había olvidado con lo del embarazo.

–Ve a vestirte. Yo me ocupo de todo. Las compras se han acabado. Nos vamos.

La dejó ir y fue hacia el mostrador para pagar. Después de intercambiar unas pocas palabras con la dependienta, llamó a su conductor. Beth regresó unos minutos después.

No se podía negar que era una mujer gloriosa, con una figura perfecta, pero había muchas otras mujeres que también eran así y que no habían cumplido una pena de cárcel por tráfico de drogas. Solo iba a casarse con ella porque estaba embarazada.

La agarró del brazo y la llevó al exterior. Miró el reloj.

–Solo son las doce y media –le dijo, mirándola con unos ojos inflexibles–. Podemos llegar a casa en una hora, o, si lo prefieres, podemos comer aquí. Tengo que estar en Roma esta tarde, así que tendremos que darnos prisa.

–En tu casa mejor –dijo ella, consciente de que aquel lugar jamás sería un hogar para ella.

–Muy bien. He hecho que muevan el helicóptero a un helipuerto de tierra. Ahora nos va a recoger un coche.

Esa fue la conversación más larga que tuvieron durante todo el viaje de vuelta. El helicóptero estaba en mitad de una pista y, una vez subieron a bordo, se impuso el silencio.

Cuando llegaron a casa Beth recordó que no le había dado las gracias por la ropa. Él se limitó a encogerse de hombros y la llevó al estudio. Allí estaba el acuerdo prematrimonial que tenía que firmar.

–Siéntate y léelo. He hecho que lo traduzcan al inglés. Anota todo lo que quieras preguntarme. Iré a decirle a Sophie que te prepare la comida.

Beth se sentó en el escritorio y empezó a leer. El documento tenía solamente cuatro páginas y era bastante escueto.

Sí.

Allí estaba la cláusula. Después de tres años podía divorciarse y conseguir la custodia compartida del niño. La suma de dinero que estaba dispuesto a darle era enorme. Su primera reacción fue rechazar el dinero, pero el sentido común prevaleció finalmente. No quería su dinero, pero conocía a mucha gente a la que podía venirle muy bien. Podía donarlo a la beneficencia. Dante podía permitírselo.

Beth colgó y suspiró.

Curiosamente no tenía ningún problema en hablar con Dante por teléfono. Desde el viaje a Milán y su repentino regreso a Roma la había llamado casi todas las mañanas. Al principio, las conversaciones eran cortas, pero poco a poco habían empezado a dilatarse. El fin de semana anterior no había regresado. Sophie lo había lamentado mucho y Beth había sentido un gran alivio.

El ama de llaves le había enseñado toda la casa y los jardines y ella también había explorado mucho por su cuenta. Poco a poco se acostumbraba al lugar y casi empezaba a disfrutar de sus llamadas. Hablaban de tantas cosas...

Pero Dante estaba a punto de volver, y el viejo pánico volvía a apoderarse de ella.

Capítulo 9

MIRANDO a su alrededor, Beth se preguntó si volvería a dormir alguna vez en esa preciosa habitación a la que se había acostumbrado. Ahuyentó los pensamientos angustiosos y se levantó de la cama. Se dio una ducha rápida y se puso uno de sus conjuntos nuevos, un traje de pantalón de color azul noche y una blusa de seda blanca. La ropa que había llevado consigo desde Londres ya estaba en la maleta, junto con algunas cosas nuevas que Dante le había comprado.

Guardó sus cosméticos. Estaba lista.

Se había acostumbrado a desayunar en la cocina con Sophie. Era mucho mejor que comer sola en la sala para el desayuno. Ese día Carlo las interrumpió para decirles que el helicóptero había llegado ya.

Beth entró en el vestíbulo y miró a su alrededor. Reparó en los retratos de familia que decoraban las paredes. ¿Habría un retrato de su hijo en las paredes de la mansión algún día?

Ella jamás lo vería, no obstante. Seguramente nunca volvería a pisar ese lugar una vez se hubiera divorciado tres años más tarde...

Dante entró en ese momento. Le miró. El corazón se le salía del pecho.

—Estás más guapa que nunca, Beth.

Su voz profunda y varonil le acariciaba los sentidos.

–¿Cómo te sientes?

Le sujetó la barbilla con ambas manos y la hizo ladear la cabeza. Su aroma, tan familiar a esas alturas, la llenaba por dentro. Estando así de cerca, parecía más alto y corpulento que nunca. De repente le recordó encima de ella. Su cuerpo desnudo, bronceado y glorioso, se movía adelante y atrás. Le hacía el amor, la rodeaba, la poseía... Apretó los labios. No podía dejarle ver lo que sentía en realidad.

–Muy bien –logró decir.

Y justo en ese momento... la besó.

–Siento no haber estado aquí para enseñarte la finca. Te he echado de menos –le dijo con esa voz grave que la acariciaba.

Sus ojos oscuros parecían más enigmáticos que nunca.

Algo se agitó dentro de Beth. Aunque no quisiera reconocerlo, le había echado de menos. Abrió la boca para decirlo, pero Sophie se puso a hablar en italiano en ese momento y la salvó de cometer un gran error. Dante había dicho que la echaba de menos para que la empleada pudiera oírlo. No había duda al respecto.

Cinco minutos más tarde, estaba sentada en el helicóptero, con Dante en el asiento del piloto. Él se volvió hacia ella y le dio los auriculares para que pudieran comunicarse. Beth no tenía muchas ganas, no obstante. La importancia del día que tenía por delante la había golpeado por fin.

En menos de una hora habían aterrizado en Roma. Una limusina les recogió en el aeropuerto y puso rumbo al hospital.

Beth entró en el área de recepción con Dante a su lado. El edificio parecía muy moderno.

La ecografía resultó un tanto embarazosa. Dante no se separaba de ella y, cuando la enfermera señaló la silueta del bebé en el monitor, ambos contemplaron la pantalla unos segundos. Se miraron y sonrieron.

Ya de vuelta en el coche, Beth miró con ojos de asombro la foto del bebé que llevaba en el vientre.

—Mi abogado nos espera.

El vehículo acababa de detenerse.

Dante la ayudó a salir del coche y la acompañó a las oficinas del bufete. En menos de veinte minutos el acuerdo prematrimonial estaba firmado y volvían a ponerse en camino.

Beth miró a Dante. Estaba a menos de medio metro de distancia, dentro de la limusina. Había sacado el teléfono móvil y debía de estar trabajando. Era un hombre eficiente. De eso no había duda. La rapidez con la que habían hecho los trámites del abogado la había sorprendido mucho.

Pero tampoco debía sorprenderse tanto. Estaba claro que él quería pruebas sólidas de la existencia del bebé antes de darle su apellido. ¿Cómo era que no le había pedido una prueba de ADN? Confiaba en ella tan poco como ella en él.

El coche entró en la ciudad. Cruzó unas puertas de hierro y subió por un camino privado hasta llegar a la puerta de un enorme edificio antiguo rodeado de jardines perfectamente cuidados.

—¿Tu apartamento está aquí? —le preguntó, volviéndose hacia él.

Sin duda debía de ser de los que tenían un apartamento de lujo en el centro de la ciudad.

–No. Tengo un apartamento en el último piso del edificio Cannavaro. Pero realmente es una extensión de mi despacho, más que otra cosa. Pensé que te gustaría más quedarte en un hotel, así que he reservado una suite aquí para dos noches.

Beth no salía de su asombro, y también se sentía un tanto intimidada. La sala de estar era tan elegante que se sentía fuera de lugar. Dante le dio una propina al botones y se volvió hacia ella. De repente no parecía tan seguro y dueño de sí mismo como siempre.

–Te sentirás muy cómoda aquí, Beth. Hay un spa estupendo y un salón de belleza, una tienda... todo lo que podrías querer. Y como da mala suerte que la novia vea al novio la noche antes de la boda, y necesitamos toda la suerte del mundo, te dejo que descanses y te relajes. Disfruta de las instalaciones, compra lo que quieras. Te llamaré esta noche para asegurarme de que tienes todo lo que necesitas. Te recojo mañana a las tres de la tarde. La ceremonia es a las cuatro. Bueno, pide algo de comer. Te veo luego.

Beth le vio salir por la puerta. Por fin la dejaba sola. ¿Por qué se sentía abandonada de repente? La sensación le resultaba de lo más turbadora. Deambuló un rato por la suite, descubrió el baño y otra habitación en la que había una enorme televisión. Pero solo había un dormitorio, inmenso y bien proporcionado, con dos ventanales y una cama en medio en la que cabían tres o cuatro personas. Había un vestidor independiente y un aseo dentro de la habitación con dos duchas, dos lavamanos y una bañera grande y profunda, sin duda para dos.

Beth pidió una comida ligera y se sentó a disfrutar de la comida. Después de comer pensó en aprovechar todo lo que tenía a su disposición, así que pidió cita en el spa para el día siguiente a las once. Deshizo la maleta y se tumbó un rato a descansar. Tenía la foto de su bebé en las manos. Era él el motivo por el que estaba allí, y se casaría con un demonio con tal de no perderle. El único problema era que ya no veía a Dante Cannavaro como a un demonio... Las pesadillas de ese hombre de negro ya no la atormentaban. Habían sido sustituidas por sueños eróticos y románticos con final feliz.

Después de dar un paseo por el hotel y por los jardines, Beth regresó a la suite para tomar una cena deliciosa y dormir un poco.

A la tarde siguiente, después de haber pasado por la peluquería y de que la hubieran maquillado, Beth se puso el traje blanco y el corpiño a juego que Dante le había comprado en Milán. Se puso unos tacones, cortesía de la boutique del hotel, y salió a la sala de espera.

Dante no se hizo esperar.

–Estás lista. Bien. Vamos y terminemos con esto cuanto antes.

Beth se limitó a asentir. Con solo verle se quedaba sin aliento. Parecía más alto que nunca y estaba arrebatadoramente guapo con un traje gris de firma, una corbata con un estampado del mismo color, camisa blanca de seda y gemelos de platino. Se había echado todo el pelo hacia atrás y su hermoso rostro parecía más serio que nunca. Letalmente atractivo, Dante despedía sofisticación y poder masculino innato, y muy pronto se convertiría en su marido. La realidad la aterrorizaba, pero no podía negar que también sentía un aleteo en el estómago que le impedía apartar la mirada de él.

Media hora más tarde, consciente de la presencia de Dante a su lado, Beth miró a su alrededor. Estaban en el salón de actos del ayuntamiento. Cuando era niña, antes de que la vida real le ganara la carrera, se había imaginado en una boda de cuento de hadas, nada que ver con lo que estaba a punto de pasar. El traje que llevaba, con los ribetes plateados, era lo más cerca que iba a estar de una boda de princesa.

Miró al juez de paz. El hombre habló tanto en italiano como en inglés, pero la ceremonia debió de ser de las más cortas.

–Puede besar a la novia.

Las palabras la sacaron de su ensoñación.

Miró a Dante a los ojos al tiempo que él la rodeaba con los brazos. La besó en los labios, con ternura y firmeza al mismo tiempo. Ella apoyó las manos sobre su pecho y sintió los latidos de su corazón bajo las palmas de las manos. De repente notó la punta de su lengua entre los labios y los abrió de forma automática. Su cuerpo se relajó contra él.

El juez de paz carraspeó y le dijo algo a Dante. Él la abrazó con fuerza un instante y entonces la soltó por fin.

El flash de una cámara se disparó. Beth parpadeó.

–Sonríe, por favor –dijo Dante–. Esta es para el bebé –añadió, poniéndole una mano sobre el vientre–. Todos los niños quieren ver una foto de sus padres en la boda, aunque ya no sigan casados.

–¿Entonces es por eso que insististe en comprar este traje? –le preguntó ella, sorprendida.

–Incluso un abogado autoritario tiene momentos de inspiración de vez en cuando –le dijo. La hizo agarrarle del brazo y la condujo fuera.

El coche los esperaba.

Ya de vuelta en el hotel, Beth no era capaz de mirarle mientras subían las escaleras que llevaban a la suite del primer piso. El pánico crecía por momentos. Las consecuencias de lo que había hecho le colapsaban la mente. Estaba casada y embarazada y en cuestión de minutos estaría a solas con Dante en una habitación. El estómago se le agarrotaba.

Cuando llegaron a la suite, Beth se quedó boquiabierta. La elegante suite se había convertido en algo increíblemente romántico. Había docenas de rosas rojas por todas partes, en jarrones, en arreglos florales, y también velas de todo tipo. El champán estaba en un cubo con hielo apoyado en un soporte especial y junto a él había una mesa para dos repleta de manjares exquisitos.

–No me puedo creer lo que veo –dijo Beth.

Dante la abrazó, agarrándola de la cintura. Ella sintió un calor repentino por todo el cuerpo. El pulso se le aceleró.

–¿Me creerías si te digo que soy un romántico en el fondo? Creo que toda novia se merece una suite nupcial en la noche de bodas –sonrió.

Verla en el hospital había obrado un cambio radical en su pensamiento. Durante años la había creído una delincuente, una mujer inmoral que se valía de su belleza para engatusar a hombres indefensos en su propio beneficio. Pero aquel día, al ver la imagen del niño que llevaba dentro, había sentido una emoción que no podía explicar, algo que le arrollaba de todas las formas posibles. Desde ese momento la veía de otra forma.

Fingía trabajar mientras viajaban en el coche, pero

en realidad no había sido capaz de concentrarse. La cabeza le daba vueltas. Y entonces se había dado cuenta de que ella iba a sentirse atrapada en su apartamento de la planta doce... Rápidamente había reservado un hotel, y más tarde había tenido que irse a toda prisa. La deseaba con locura, pero la madre de su hijo se merecía algo más que un arrebato sexual la noche antes de la boda.

Beth miró a Dante, asombrada de que se hubiera tomado tantas molestias. Él le sujetó un mechón de pelo detrás de la oreja. Puso la otra mano sobre su espalda y tiró de ella. El roce de su cuerpo duro y masculino sobre el vientre lanzaba flechas de fuego que la recorrían por dentro. Le miró los labios. Era imposible ignorar la reacción de su propio cuerpo.

Pero Beth lo intentó.

—No. No te creería —dijo, haciendo un último intento por ignorar la atracción fatal que sentía por Dante.

Levantó la vista, contempló esos ojos oscuros y se hundió en ellos. Había odiado a Dante durante muchos años, pero en ese momento le deseaba con locura y necesitaba sentir el roce de su piel. Apoyó las manos sobre su pecho...

—Eso pensé —murmuró él y le rozó los labios.

Beth notó el cosquilleo en la boca. La entreabrió.

—Pero por lo menos reconóceme el mérito de intentarlo y déjame que intente demostrarte lo contrario —se rio suavemente y la hizo echar la cabeza a un lado. Le rozó la piel justo debajo de la oreja con la punta de la lengua y comenzó a besarla a lo largo del cuello.

Beth tomó el aliento de forma entrecortada. Dante

levantó la cabeza y deslizó un dedo sobre su labio inferior. Borracha de deseo, se pegó a él y notó la dureza de su erección contra el abdomen. Era algo increíblemente íntimo y excitante pensar que podía hacerle algo así. De repente, olvidó el pasado. Lo único que importaba era el presente, ese momento en el tiempo.

–Confía en mí, Beth. Hoy es un nuevo día para nosotros, y quiero hacer las cosas bien por ti.

Y Beth confiaba... Buscando sus labios se rindió por fin.

Dante comenzó a explorar su boca. Enredaba su lengua con la de ella, jugando, probando... Quería hacerle el amor en ese preciso momento, pero debía ser paciente. Le sujetó la cabeza con ambas manos y miró esos ojos color verde esmeralda. Tenía las pupilas totalmente dilatadas.

–Aquí no, Beth.

La tomó en brazos y la llevó al dormitorio. La colocó sobre la cama. Nunca se había creído eso de que bastaba con una vez, aunque había sido esa vez cuando la había dejado embarazada. Pero jamás se le hubiera pasado por la cabeza que fuera virgen, y no podía evitar pensar que, de haberlo sabido, hubiera podido hacerlo mejor. Era su esposa, la madre de su hijo, y estaba decidido a darle la noche de bodas que se merecía.

Beth le vio desvestirse. Su cuerpo resplandecía a la luz de las innumerables velas que había en la habitación. El fino vello que le cubría el pecho formaba una flecha que descendía por su abdomen hasta su entrepierna. Se fijó en su erección. Un cosquilleo exquisito la recorrió por dentro.

Él se inclinó sobre ella y comenzó a quitarle la

ropa hasta dejarla completamente desnuda, expuesta a su mirada devoradora.

–Eres exquisita, *mia moglia* –le dio un beso en la frente, en la nariz, en los labios, entre los pechos, sobre el abdomen...

Susurró algo en italiano. Levantó la cabeza un instante y Beth vio algo tan intenso en sus ojos que se le encogió el corazón. Todas sus dudas sobre el futuro se desvanecieron. Le rodeó el cuello con ambas manos, deseosa de sentir sus besos.

Él buscó sus labios una vez más y ella respondió de forma intuitiva a esa pasión que la dejaba sin aliento. Le soltó el cuello y se agarró de sus hombros poderosos. Las manos de Dante dibujaban figuras caprichosas sobre sus pechos, sobre su vientre, acariciaban los rizos suaves entre sus muslos. Beth sentía que el deseo crecía en su interior con cada caricia, con cada roce de sus manos. Una humedad cálida y repentina se acumulaba bajo su vientre. Dante deslizó las yemas de los dedos por la cara interna de sus muslos, acercándose cada vez más al sitio donde más le necesitaba. Volvió a deslizar ambas manos a lo largo de su cuerpo, le agarró los pechos, empezó a acariciarle los pezones.

–Están un poco más grandes, creo –dijo Dante, mirándole los pechos.

Bajó la cabeza y cerró los labios alrededor de un pezón. Beth gimió. Su lengua se deslizaba sobre él, dándole un placer inimaginable. De pronto la mordió con la punta de los dientes y el placer se convirtió en dolor durante una fracción de segundo. Podía romperse en cualquier momento.

Hundió los dedos en la piel de sus hombros. Le

clavó las uñas. Cuando ya no podía aguantar más, le agarró del pelo y le echó atrás la cabeza. Dante dejó escapar algo a medio camino entre un gruñido y un jadeo y entonces la besó en los labios.

Sus manos, grandes y fuertes, la acariciaban, y su boca también. La puerta que llevaba hacia un universo nuevo de sensaciones acababa de abrirse.

Beth se retorcía debajo de él, excitada hasta extremos insospechados. Se quemaba por dentro. Le acariciaba con desesperación. Buscó su erección. Sabía que él estaba tan desesperado como ella. Con un gruñido gutural la hizo apartar la mano y la devoró con un beso brutal. La levantó con ambas manos y se colocó encima. Empczó a empujar con cuidado y ella enroscó las piernas a su alrededor, arqueando el cuerpo. Dante empujó un poco más, dilatándola. Se retiró.

—¡Dante! ¡Por favor!

Con un gemido ahogado y un golpe de caderas, respondió a su súplica. La llenó completamente y la sujetó con fuerza. Le mordió un pezón y le levantó las caderas. Empujó de nuevo. Se detuvo y le lamió el otro pezón. Beth perdió toda noción de la realidad. Solo era consciente de Dante a su alrededor y también dentro de sí misma. Él se movía a un ritmo fluido, cada vez más deprisa. Vibraba en su interior y la embestía duramente. De pronto Beth sintió que convulsionaba de placer. A su alrededor solo había luz y calor. Le oyó gritar desde muy lejos y un momento después cayó sobre ella, agotado.

—Peso demasiado —le dio un beso suave en sus hinchados labios y se echó a un lado.

Deslizó una mano por debajo de su cintura y la

hizo rodar hasta apoyarla sobre la curva de su hombro.

Beth apoyó el brazo sobre su pecho. Creía que la primera vez que habían hecho el amor era insuperable, pero se había equivocado. Jamás se había sentido tan llena, tan henchida del placer más decadente. Estaba en paz.

–¿Cómo te sientes, Beth? No te he hecho daño, ¿verdad? –le apartó el pelo de la cara.

Ella se apoyó sobre un codo y le miró. Su pelo estaba por todas partes. La miraba con seriedad.

–No. No me has hecho daño –le dijo, acariciándole el fino vello del pecho–. Aunque tengo que admitir que... –se detuvo a propósito–. Tenías razón. No era suficiente con una vez.

–Vaya –él sonrió y le tiró de la cabeza para darle un beso.

En cuestión de minutos estaban haciendo el amor de nuevo. Dante se tomó su tiempo para explorar cada centímetro de su cuerpo y para mostrarle todo lo que podían hacer para darse placer el uno al otro. Tenían los sentidos agudizados y, cuando por fin entró en ella, bastaron unas pocas embestidas para que ambos llegaran al clímax al mismo tiempo.

Un rato después, Beth yacía sobre él, totalmente saciada. Se había puesto encima mientras hacían el amor, algo que no había imaginado jamás. Apoyó la cabeza sobre su pecho. No quería moverse. Podía oír los latidos de su corazón.

–¿Beth?

Dante pronunció su nombre. Ella le miró.

–Siento despertarte –la agarró de la cintura y la levantó en el aire como si no pesara más que una pluma.

Se incorporó y la acostó sobre la cama.

–Esas velas son un peligro. Huele a quemado.

–Vaya con el romanticismo –dijo Beth y se echó a reír.

Dante se levantó de la cama y apagó las velas. Beth le vio entrar en el cuarto de baño. De repente Dante Cannavaro se había convertido en una persona fascinante.

Se pusieron los albornoces del hotel y Dante llamó al servicio de habitaciones. Compartieron una cena íntima y volvieron a la cama.

A la mañana siguiente tomaron un vuelo de vuelta a Londres y Beth se quedó dormida en el avión...

–No está mal, ¿eh? –dijo Dante cuando salieron de la casa de su madre en Kensington–. Mi madre te adora. Y cuando por fin le digamos que estás embarazada, si no lo ha adivinado ya, caerá rendida a tus pies. Y en cuanto a Harry, dejó muy claros sus sentimientos.

Beth se rio.

–Sí. Los ha dejado muy claros.

Temía el momento de conocer a la madre de Dante, Teresa, pero la señora había resultado ser una mujer encantadora y menuda, de pelo negro y ojos marrones, al igual que su marido, Harry. Era igual que Tony, y Beth no pudo evitar decírselo, lo cual la llevó a contarles que había sido vecina del joven hasta unos meses antes.

–¡Entonces eres tú el ángel que le daba de comer a Mike y a Tony! –exclamó Teresa, y partir de ese momento todo fue sobre ruedas.

La comida fue un encuentro muy agradable y Beth escuchó muchas historias de cuando Dante era niño.

Ya estaban despidiéndose en la puerta cuando oyeron el chirrido de unos neumáticos. Tony acababa de llegar.

–Hola, mamá, papá –se detuvo delante de Beth–. ¡No me lo puedo creer, Beth! Te has casado con Dante. ¿Pero qué fue lo que te dio si podías haberme tenido a mí? –sonrió de oreja a oreja y le dio un abrazo y un beso en la mejilla.

Beth se reía.

–Sí. Se ha casado conmigo, así que quítale las manos de encima –dijo Dante con una sonrisa, agarrándola de la cintura.

–Eres un diablo afortunado, hermanito. Y no me sorprende que te hayas llevado a Beth y te hayas casado con ella. Ya vi que no le quitabas los ojos de encima en la barbacoa... –dijo Tony–. Aunque tengo que decir que no sé si te la mereces.

–Ya basta –dijo Dante, sin admitir discusión alguna.

–Muy bien. Enhorabuena. Hacéis muy buena pareja. Bueno, ¿adónde vais para la luna de miel?

–A algún sitio cálido. Al Caribe o a Asia. No puedo tomarme vacaciones hasta diciembre. Que escoja Beth.

–¿Puedo escoger?

Una luna de miel nunca había entrado en sus planes.

–Sí. ¿Por qué no? –Dante le dedicó una sonrisa sexy–. Yo he estado en todos los sitios. Escoge un sitio al que tengas muchas ganas de ir.

–¿Crees que es buena idea, Dante? –le preguntó Tony–. Conociendo a Beth, será una playa llena de surfistas en Hawái. ¡Nada que ver con lo que te gusta

a ti! Créeme cuando te digo que todavía tiemblo al recordar aquel día cuando intentó enseñarnos a Mike y
a mí a hacer surf –hizo una mueca–. Pero da igual a
donde vayas. Será mejor que cuides bien de ella, o tendrás que vértelas conmigo.

–Eso voy a hacer. Gracias.

–Gracias, Tony –dijo Beth con una sonrisa.

Tony era todo un bromista y le gustaba mucho
provocar a la gente, pero en el fondo era un joven en-
trañable.

–Bueno, ahora sí que tenemos que irnos –dijo
Dante.

Se despidieron por última vez y se pusieron en camino.

Dante se centró en sortear el denso tráfico de la
ciudad con un gesto serio en el rostro. Después de haber visto el trato que había entre Beth y su hermano,
y tras haber pasado tiempo con ella, conociéndola ín-
timamente, se daba cuenta de que jamás había habido
nada entre ellos. Tony era un ligón incorregible,
como todos los chicos de veintitrés años, pero Beth
solo se reía y le ignoraba.

De repente recordó cómo la había amenazado si
no dejaba en paz a su hermano. Muchas de las cosas
que ella le había dicho eran ciertas, ¿pero cambiaba
eso algo? Su pasado no podía ser borrado.

La miró de reojo. Parecía tan relajada, tan hermosa... Y llevaba a su hijo dentro. El día anterior había sido el día de su boda y esa noche había disfrutado
del mejor sexo de toda su vida. Solo tenía que mirarla
para desearla, y sabía que ella sentía lo mismo. El pasado era el pasado y no tenía sentido pensar en viejos
errores.

–Te cae muy bien Tony, ¿no?

–Sí. Es tan simpático, tan positivo, tan entusiasta –dijo con una sonrisa triste–. Debe de ser muy bueno tener una vida tan despreocupada, sin complicaciones. Lo que ves es lo que hay cuando se trata de Tony y de Mike. Y me hacen reír. Ya no recuerdo la última vez que me sentí así de joven. A lo mejor nunca.

Dante oyó tristeza en su voz.

–No me extraña que ese par haga lo que le dé la gana. Te tienen a ti para echarles una mano en todo momento.

–Ya te lo dije. Somos amigos, aunque a veces pienso que más bien he sido una especie de madre para ellos.

Dante sacudió la cabeza.

–Eres demasiado blanda, Beth.

Cuando se trataba de Dante, Beth sabía que estaba... perdida.

Esa mañana se había despertado en sus brazos y habían hecho el amor de nuevo. Aturdida tras el fragor amoroso, le había dicho que era el amante perfecto.

–Siempre intento dar placer, *cara* –le había dicho él.

Pero sus palabras habían sonado como una nota discordante en la mente de Beth. ¿A cuántas mujeres les había dado placer?

Dante no hacía el amor. Esa palabra no tenía cabida en su vocabulario. Él era un hombre sofisticado, de mundo, y debía de haberse acostado con docenas de mujeres. La única razón por la que estaba en su cama era que estaba embarazada de él. No podía permitirse el lujo de pensar que era algo más allá de una esposa conveniente, por el bien del niño.

Pero resultaba duro tenerlo presente cuando le veía sonreír irresistiblemente mientras tomaban el desayuno en la suite del hotel. Él le daba la comida directamente de su plato y le daba besos en los labios entre bocado y bocado. Bastaba con una sola mirada para empezar a desearle, y tenía que recordarse una y otra vez que la cosa no iba a durar.

Miró a Dante de reojo. Él tenía la vista fija en el sinuoso camino rural, pero su perfil, perfectamente esculpido, la cautivaba, le paraba el corazón.

Como si pudiera notar su escrutinio, le dedicó una sonrisa fugaz.

—Ya queda poco.

Beth sintió un vuelco en el estómago.

—Es una pena que solo pueda quedarme una noche más. Cuando vuelva el fin de semana que viene tenemos que hablar de cómo vamos a vivir.

Más tarde Beth se preguntaría si había tenido una premonición esa noche, cuando había decidido compartir la habitación principal con Dante, en vez de quedarse en la suya propia.

Capítulo 10

EL ÚLTIMO día de septiembre, Inglaterra seguía sumergida en un verano tropical abrasador. El aire era caliente y espeso cuando Beth salió del agua, con una sonrisa en el rostro.

El acuerdo matrimonial al que había llegado con Dante no tenía nada que ver con lo que había esperado. Las dos noches que habían pasado juntos habían sido toda una revelación. Era un amante increíble, generoso en muchos sentidos. Caminando por la playa, Beth se dio cuenta de que se sentía feliz, más feliz de lo que se había sentido en mucho tiempo.

–Un día como hoy, uno se siente contento de estar vivo –dijo.

Se detuvo y le sonrió a Janet, que le estaba enseñando a Annie cómo hacer un castillo de arena.

–He disfrutado mucho de mi baño –sacó una toalla de su bolso de playa.

Una luz parpadeaba en su teléfono. Lo recogió y leyó el texto.

Dante está en una reunión que se está prolongando un poco. Pero irá para allá mañana por la tarde.

Volvió a meter el teléfono en el bolso.

–Ya contestaré luego. Las olas están creciendo y quiero ir a por la tabla de surf.

–No. Un baño es una cosa, pero hacer surf está prohibido para alguien en tu estado. Además, mira esos nubarrones que están en el horizonte –Janet se puso en pie–. ¡Mira eso! ¡Oh, Dios! –exclamó de pronto.

Beth se volvió para ver a qué se refería Janet. Al final de la playa había una niña con un flotador rosa alrededor de la cintura. Las olas la arrastraban mar adentro.

No se detuvo a pensar. Corrió. Un hombre se tiró al agua y entonces se detuvo. Empezó a gritar que no sabía nadar... Sin vacilar, Beth se lanzó al agua.

Lo que pasó después fue una pesadilla. Logró llegar hasta la niña y la agarró, pero cuando trató de darse la vuelta se vio arrastrada por la marea, mar adentro.

Tratando de mantenerse a flote a toda costa, Beth sintió que una ola le rompía encima, y después otra, y otra. Por mucho que luchara, no era capaz de vencer a la corriente y no hacía más que verse arrastrada hacia afuera, hacia las rocas. Una enorme ola les cayó encima, sumergiéndolas por completo. Durante una fracción de segundo Beth creyó que había llegado el final. Jamás volvería a ver a Dante...

De repente fue capaz de respirar de nuevo. Con la niña sujeta del cuello, Beth se dio la vuelta en el momento en que la marea las arrojaba contra las rocas. Sintió un dolor agudo en la espalda, pero el dolor que tenía en el corazón era mucho peor. Le amaba. Amaba a Dante. ¿Cómo no se había dado cuenta hasta ese momento?

Aferrándose a la pequeña con todas sus fuerzas, logró subir por las rocas. Miró atrás un instante y vio que las olas romperían sobre ellas con toda la furia del mar. No había forma de regresar a la orilla de la playa. Se sentó sobre una roca plana y entonces las piernas le fallaron por completo. Tomó a la niña entre sus brazos y recobró el aliento como pudo.

–Tranquila. Tranquila. No pasa nada –le decía a la pequeña, que se llamaba Trixie.

No supo cuánto tiempo permaneció allí, consolando a la niña y viendo cómo subía la marea. De pronto vio una lancha de rescate que iba directamente hacia ellas. Alguien gritaba su nombre. Se puso en pie y puso a la pequeña Trixie en los brazos de un guardacostas.

Respiró, aliviada. Estaban a salvo.

Lo que ocurrió a continuación quedó reducido a un borrón en sus recuerdos.

Recordaba haber sido trasladada a la lancha salvavidas. Le habían puesto una manta encima y le habían devuelto a Trixie. Ya en el puerto, una ambulancia las esperaba. Janet le trajo su ropa y la bolsa de playa. Los sanitarios insistieron en llevarla al hospital.

Más tarde, en urgencias, mientras esperaba al médico, sacó el móvil y miró el mensaje que Dante le había mandado antes. Le contestó que se encontraba bien y que le vería al día siguiente. Pensó en escribir «un beso» al final del mensaje, pero no se atrevió. Sabía que le amaba sin ninguna duda, aunque hubiera preferido darse cuenta de otra manera.

A lo mejor siempre le había querido... A lo mejor había algo parecido al amor a primera vista... Siempre había habido una atracción entre ellos, desde aquel día en los tribunales, cuando tenía diecinueve años y era demasiado inocente como para reconocerlo. Y después del juicio había sido más fácil odiarle.

La realidad se impuso. Estaba casada con él, y embarazada. Él no la amaba, pero sí la deseaba físicamente. Tal vez podría llegar a quererla cuando llegara ese niño...

Una pareja se acercó para darle las gracias. Ambos lloraban. Beth les vio alejarse con una sonrisa y finalmente el sueño acabó venciéndola.

–Señora Cannavaro...

Beth abrió los ojos. Había una mujer con un uniforme azul junto a su cama. Miró a su alrededor. La habitación era blanca. Durante una fracción de segundo se sintió completamente desorientada. Todo lo ocurrido el día anterior cayó sobre ella como una avalancha de nieve. Cerró los ojos.

–Señora Cannavaro.

La enfermera repitió su nombre.

–Buenas noticias. Su esposo estará aquí muy pronto. Y muy pronto le traerán una taza de té y algo de comer. Tengo que comprobar sus constantes vitales. Después puede ducharse y vestirse –le dijo con una sonrisa–. El doctor James vendrá pronto para verla, y después le darán el alta. No se preocupe. Está en plena forma y es una joven increíblemente valiente. Se recuperará enseguida.

La enfermera le hablaba con tanto entusiasmo.

–Gracias. ¿Qué tal está Trixie?

–Oh, la pequeña está muy bien, gracias a usted. Se fue a casa con sus padres anoche.

–Bien –dijo Beth y dejó que la enfermera la examinara.

Repasó todos los acontecimientos del día anterior mentalmente. Se echaba la culpa de todo, aunque sabía que no podría haber hecho otra cosa. Trixie estaba a salvo y eso era todo lo que importaba.

Aunque ya no estaba tan segura...

A las nueve de la noche del día anterior, un médico le había dicho que el dolor repentino que había sentido en el vientre era el comienzo de un aborto. El esfuerzo físico que había hecho había sido demasiado para una mujer embarazada. Los traumatismos y la herida de la espalda tampoco ayudaban y el percance sufrido iba a llevarse la vida de su bebé.

A las once de la noche todo había terminado. Y por primera vez desde la muerte de Helen, Beth se había echado a llorar como si no hubiera mañana.

Ya no era capaz de sentir nada. Nada le dolía por dentro. Asintió con la cabeza y le dio las gracias a la enfermera tras su interminable charla. Se aseó un poco y se peinó. Se puso la ropa que Janet le había llevado el día anterior y se sentó en el borde de la cama con una taza de té. No tenía ganas de comer.

El doctor James no tardó mucho en llegar. La examinó y le dijo que sentía mucho lo ocurrido. Le dio una cita para el lunes para una revisión y le reiteró que era una mujer sana, que podía quedarse embaraza en cualquier momento. Las circunstancias que habían provocado el aborto habían sido del todo extraordinarias.

Beth sonrió y le dio las gracias nuevamente. Volvió a sentarse en la cama y le vio marchar. De pronto, el entumecimiento que protegía su magullada mente y su cuerpo se desvaneció. Echó adelante los hombros, cansada. Tenía el alma rota. Jamás se arrepentiría de haber salvado a Trixie, pero el precio que había pagado había sido muy alto. La historia se repetía una vez más. Esa era la historia de su vida.

Oyó el timbre del teléfono móvil y contestó rápidamente. Era Janet. Había llamado a la casa de campo para hablar con ella, pero había sido el constructor quien había contestado. Su amiga quería saber por qué no estaba en casa. Beth le contó lo ocurrido de la forma más resumida posible y soportó sus palabras de compasión con estoicismo. Le pidió que les diera el día libre a los obreros y colgó. Quería estar sola durante un tiempo, y Dante llegaba más tarde.

No quería ver a nadie. Quería cerrar los ojos y olvidar las veinticuatro horas anteriores, como si no hubieran existido. Pero no era posible. Oyó que se abría la puerta y levantó la vista.

Dante estaba allí. Su rostro hermoso parecía contraído, agotado. Una barba de un par de días le cubría la cara y su boca era una línea rígida.

Beth vio un pequeño rayo de luz en la oscuridad de su alma y se puso en pie. Le amaba tanto. A lo mejor él reconocía su dolor, la tomaba en sus brazos y la consolaba como solo él podía hacerlo.

Pero Dante no hizo movimiento alguno.

–Beth, ¿cómo te sientes?

¿Cuántas veces le había preguntado eso? Esa parecía ser su pregunta favorita. El rayo de luz se esfumó. En el fondo sabía que lo único que le preocupaba era el bebé. Poco a poco se dio cuenta de que lo que veía en sus ojos era rabia. ¿Cómo había esperado otra cosa? Se había casado con ella por el bebé. Llevaba toda una semana engañándose, creyendo que había algo más, y se había contentado con eso. Pero la falacia había llegado a su fin. El bebé ya no estaba y Dante ya no tenía ningún motivo para permanecer a su lado.

La sangre se le heló en las venas. El entumecimiento se apoderó de ella de nuevo.

–Muy bien. ¿Podemos irnos ahora?

El miedo y la furia que había sentido desde el momento en el que le habían dado la noticia, a medianoche, remitieron un poco. Beth estaba muy pálida, más hermosa y frágil que nunca. Ojalá hubiera estado ahí a su lado. Quería estrecharla entre sus brazos...

–Tengo que ir a casa a darle de comer a Binkie.

–¡Olvídate del maldito gato! –gritó Dante. La rabia entró en ebullición de pronto–. He hablado con el médico. Acabas de perder al bebé. Estás llena de magulladuras y tienes una herida en la espalda. ¿Pero por qué demonios tuviste que lanzarte al agua? ¡Podrías haberte matado!

–No voy a tener esta conversación ahora. Si no quieres llevarme a casa, tomaré un taxi.

Beth recogió su bolso. No quería mirarle. Quería marcharse cuanto antes.

Dante se mesó el cabello. No tenía derecho a enfadarse con ella. Era su esposa y acababa de perder a un bebé. Había prometido cuidar de los dos, pero estaba claro que había fracasado. Pero eso no era lo peor de todo. Lo peor era que no era capaz de explicar esas extrañas emociones que tenía dentro.

La agarró del brazo y la sujetó con fuerza.

–Lo siento. No quería alterarte –la abrazó.

Estaba entre sus brazos, pero no sentía nada. Era demasiado tarde.

–No importa –le dijo. Le miró con unos ojos inexpresivos–. Llevo un rato aquí sentada, pensando en todo lo que me ha pasado desde que te conocí, y tienes razón. Tengo la culpa. Perdí a tu bebé.

–*Dio!* No. No quería decir eso.

Beth vio la sorpresa en sus ojos, pero no le importaba.

–A lo mejor no, pero es verdad. Lo que pasó ayer confirma que los buenos actos se pagan. Esa es la historia de mi vida. Me ofrecí a llevar a dos chicos en coche y terminé en la cárcel. Salvé a una niña y perdí al mío. Por fin he aprendido que es mejor no hacer nada por nadie. Bueno, ¿podemos irnos ya? Quiero irme a casa.

Dante la miró a la cara. El médico le había dicho que sus heridas no eran serias. Solo tenía algunos moratones y una herida en la espalda en la que había necesitado ocho puntos. El lunes le iban a aplicar un tratamiento para el aborto, pero se recuperaría en unos días. No obstante, debía de sentirse muy mal por la pérdida del bebé. No tenía derecho a perder el control de esa manera con ella.

–Sí, claro –le quitó el bolso de la mano, la agarró del brazo y salió del hospital.

Mientras conducía, la miraba de vez en cuando. Tenía la cabeza echada hacia atrás y los ojos cerrados. Tal vez fuera mejor así. Él nunca había sido un hombre emotivo, y aunque lamentara la pérdida del niño, no era capaz de encontrar las palabras adecuadas para expresar lo que sentía.

Nada más llegar a la casa de la playa, Beth fue recibida por el pequeño Binkie. Se agachó y lo tomó en brazos, acariciándolo y murmurando cosas. Fue directamente hacia la cocina, dejó al gato en el suelo y le preparó un bol de comida de forma automática. Después preparó café.

Dante la siguió.

—No tienes por qué ignorarme, Beth. Tenemos que hablar de esto.

Beth se volvió hacia él.

—Ahora no. Me voy a tomar un café. Después me daré una ducha y me cambiaré de ropa.

—Me apunto.

—Al café.

Llenó dos tazas y le dio una. Sus emociones estaban congeladas y no sentía el roce de los dedos de Dante con los suyos propios.

Salió a la terraza. Se sentó en una silla y se dedicó a beber el café, contemplando el mar. El sol de la mañana hacía resplandecer el agua y las olas golpeaban la orilla. Su mirada se desvió hacia las rocas.

Oyó unos pasos en la terraza, pero no se volvió. Bebió otro sorbo.

Dante se sentó a su lado. La miraba fijamente.

—De verdad que no quería alterarte más de lo que ya estás, Beth. Sé lo difícil que debe de ser para ti. Y en cuanto a mí, nunca me he sentido tan mal en toda mi vida como cuando contesté a esa llamada del hospital y me enteré de lo ocurrido. De verdad que quería a ese bebé. Nunca lo dudes.

Beth se volvió hacia él. No lo dudaba ni por un segundo. Sabía que él quería al bebé. Era a ella a quien no había querido nunca, pero no le había quedado más remedio que cargar con ella.

—No tenía que ser. Ese bebé fue concebido de la forma más absurda. Yo fui una estúpida, y tú querías que saliera de la vida de tu hermano. Pero, por si fuera poco con eso, tanto tú como yo decidimos que ese niño iba a ser el producto de un hogar roto incluso antes de que naciera. No sé en qué estaba pensando... Creo que perdí el juicio. Pero eso se acabó. Ya he tenido suficiente. Me encanta este lugar. Me vine aquí huyendo del agobio y del ajetreo de la ciudad, y esta vez voy a quedarme.

–¿No olvidas algo? –le preguntó Dante–. Eres mi esposa, y yo tendré algo que decir, ¿no?

–No por mucho tiempo. La razón por la que nos casamos ya no existe. No quiero nada de ti, así que podemos divorciarnos directamente. Eres abogado y estoy segura de que puedes hacer algo –se puso en pie–. Me voy a dar un baño.

Dante la vio alejarse, pero no la siguió. Miró hacia la bahía. Pensó en todas las opciones. Una cosa era segura. No estaba listo para dejar escapar a Beth.

Cuanto más llegaba a conocerla, más se cuestionaba su primera impresión de ella. Era una mujer increíble. Jamás había conocido a nadie capaz de arrojarse al agua para salvar a un niño.

Si había arremetido contra ella de esa forma al entrar en el hospital, no había sido porque hubiera perdido al bebé, sino porque había temido por su vida.

Se puso en pie y entró en la casa.

Teniendo presente el vendaje que tenía en la espalda, Beth se dio un baño rápido. Salió de la bañera, tomó una toalla y se secó su adolorido cuerpo. Encontró un viejo chándal azul en un cajón. Los pantalones eran sueltos, así que no le rozarían la herida de la espalda. Entró descalza en el dormitorio, abrió la puerta del balcón y salió al exterior.

Se sentó en una tumbona, segura en su refugio. Cerró los ojos.

–¿Beth?

Abrió los ojos sin muchas ganas. Dante acababa de salir a la terraza con una bandeja en las manos.

–¿Qué haces aquí? –le preguntó, incorporándose–. Esta es mi habitación.

–Te estaba buscando. Tenía la impresión de que la habitación que habíamos compartido el pasado domingo era la habitación principal, pero me equivoqué. Esta es mucho más grande.

Beth no necesitaba que le recordaran ese día.

–Si me has traído comida, ya puedes llevártela. No tengo hambre y quiero estar sola.

Él le dejó la bandeja sobre las rodillas.

–Lo que quieres y lo que necesitas son cosas distintas –dijo. Sacó una tumbona y se sentó–. Y, ahora, come. Me voy a quedar aquí sentado hasta que lo hagas.

Beth contempló los sándwiches. Llevaban jamón, huevo, tomates, salami, gambas y unas hojitas de lechuga.

–Debes de haber saqueado la nevera para prepararlos.

–Sí. No sabía cómo tentarte. En las últimas veinticuatro horas la vida te ha llevado al límite tanto física como emocionalmente con la muerte del bebé. Tienes que recuperar las fuerzas.

Beth tomó un sándwich de huevo y se dio cuenta de que no había comido nada desde el almuerzo del día anterior. Le dio un mordisco y se dio cuenta de que podía terminárselo.

—No tienes por qué quedarte. Estoy comiendo.

Le miró a los ojos sin emoción alguna en los suyos propios.

—Me quedo, no solo para verte comer, sino todo el tiempo que haga falta hasta verte recuperada.

Palabras dignas del déspota que era...

Beth guardó silencio, no obstante. Ya no podía hacerle daño. Y por lo que sabía de él, no estaba hecho para la vida tranquila de Faith Cove. Se aburriría en un par de días y regresaría a su vida de altos vuelos. Jamás volvería a verle.

—Adelante. Siempre haces lo que te da la gana. Solo espero que te quede claro que no vas a compartir habitación conmigo.

Él no le discutió nada, pero a Beth no le extrañaba. ¿Por qué iba a hacerlo, si no había sexo en juego?

El lunes por la mañana, cuando insistió en acompañarla al hospital, Beth empezó a dudar un poco. ¿Por qué no se iba de su vida? Era un buen inquilino, no obstante. Cocinaba, se hacía la cama, había contratado un servicio de lavandería... Empezaba a rodearla con el brazo a menudo y le daba un beso en la frente de vez en cuando, pero nada de eso tenía efecto en ella.

El martes por la noche, durante la cena, todo parecía haber cambiado.

Dante no era el hombre más paciente del mundo precisamente y su férrea indiferencia ya empezaba a hacer mella en él tras cuatro días. Cuando la tocaba, se encontraba con un bloque de hielo. Si le decía que comiera, lo hacía. Si le sugería un paseo por la playa, accedía sin más. Esa noche había preparado espaguetis, uno de los pocos platos que le salían bien, y ella se había sentado a la mesa como una niña obediente. Ya no lo soportaba más. Necesitaba que volviera la Beth guerrera de siempre.

La observó mientras comía. Sus labios se abrían y se cerraban alrededor del tenedor, desencadenando esa punzada de deseo que tan familiar le resultaba ya. No llevaba maquillaje alguno y se había retirado el pelo de la cara. Estaba preciosa, pero distante.

—Mi madre me llamó hoy. Te manda todo su apoyo. Espera poder vernos pronto. Como se perdió nuestra boda, quiere celebrar una fiesta de boda para familiares y amigos. Yo le dije que sí. Creo que te vendrá bien. Tengo que estar en Nueva York la semana que viene, y tendré que quedarme durante tres o cuatro semanas, así que le dije que lo pospusiéramos hasta mediados de noviembre.

Beth no podía creerse lo que acababa de oír.

—¿Una fiesta? ¡Ni hablar! Vamos a divorciarnos, ¿recuerdas?

—Recuerdo que mencionaste algo al respeto, pero estabas enferma, así que yo no dije nada.

La forma en que la miraba en ese momento la hizo sentirse amenazada de repente. Era grande, radiante y había un brillo especial en sus ojos. Había un mensaje en ellos que no quería reconocer. Sabía que tenía que ir con pies de plomo.

—Pero pensaba que estabas de acuerdo, porque no dijiste nada al respecto.

–Acabábamos de regresar del hospital. No quería alterarte y no iba a discutir contigo. Has leído el acuerdo prematrimonial, ¿no?

–Sí, claro –Beth no comprendía nada.

–Entonces debes de saber que no has cumplido tu parte del trato.

–¿Eso qué quiere decir?

Sabía que la estaba amenazando, aunque no supiera cómo. Y la respuesta que obtuvo la dejó petrificada.

–Dice muy claramente que tres años después del nacimiento de nuestro hijo te daré el divorcio si lo deseas. Como no tenemos un niño todavía, no tengo que darte nada, y mucho menos el divorcio. Y no quiero dártelo ahora.

–¿Me estás diciendo que tengo que quedarme embarazada de nuevo?

–Dios, no. No soy el monstruo que te imaginas. Aunque sí es algo que deberíamos considerar para el futuro.

Beth se puso en pie. Sus ojos verdes escupían chispas.

–Tú y yo no tenemos un futuro juntos. Nunca lo hemos tenido. Me voy a la cama.

Dante había visto ese brillo de furia en su mirada. Sabía que estaba llegando a ella por fin.

–Te acompaño a tu habitación.

¿Dónde había oído eso antes? Beth recordó. Sintió un revoloteo en el estómago. Dante le rodeó la cintura con el brazo. El entumecimiento que la protegía se estaba esfumando, pero quería seguir siendo inmune a él.

–Me estás haciendo daño en la espalda –se soltó con brusquedad y salió por la puerta.

Dante iba a seguirla, pero titubeó. Había sufrido un traumatismo muy grande. Lo que tenía que decirle podía esperar al día siguiente. Al tomarla en brazos lo había sentido. El hielo se había quebrado. Se la estaba ganando. Solo tenía que perseverar un poco más.

Beth se desvistió y se metió en la cama, pero no fue capaz de dormir. Oía sus pasos en el piso superior, el ruido de la puerta de su habitación al abrirse, al cerrarse... Suspiró con tristeza por lo que podía haber sido si no hubiera perdido a su bebé...

Cuando llegó la noche del jueves, ya no podía fingir que le era indiferente. El miércoles había intentado evitarle quedándose a trabajar en su estudio, pero como el estudio daba al jardín de la parte de atrás, le había visto allí fuera, desnudo de cintura para arriba, ayudando a los obreros. No había sido capaz de apartar la vista de él y de repente la temperatura había subido unos cuantos grados.

Y esa mañana, cuando la había agarrado de la cintura, se había estremecido. Ella lo había achacado a la herida de la espalda, no obstante.

—¿Todavía te duele, Beth? Pensaba que los puntos se disolvían en siete días —le había dicho, pero sabía perfectamente que estaba fingiendo. Sabía que la ponía nerviosa.

Por la tarde cayó la gota que colmaba el vaso. Había insistido en llevarla a cenar al pub de la zona, alegando que necesitaba un poco de aire fresco. Beth le observaba. Estaba tan atractivo con esos vaqueros y el jersey gris, riendo y charlando con otros clientes.

De pronto se dio cuenta de que estaba metida en un buen lío. Le amaba y eso la aterrorizaba.

Se había dicho muchas veces que le odiaba, pero

el corazón le decía otra cosa. Él le decía que no quería el divorcio, que quería otro niño. Si hubiera sido la clase de mujer que él pensaba que era, entonces hubiera sido fácil permanecer casada con él, pero ella no era una de esas mujeres, guapas, ricas y buenas en la cama.

Beth empezó a dar vueltas en la cama. No era esa clase de mujer.

Le quería, pero permanecer casada con él la destruiría. Él estaba convencido de que era culpable de un crimen terrible y eso jamás cambiaría. La deseaba y le tenía afecto. Se lo había demostrado quedándose y cuidando de ella esa semana, pero jamás habría igualdad en su relación con él. Ella siempre sería la parte culpable, inferior a sus ojos, alguien en quien no se podía confiar. Y no podía vivir con eso. Sin confianza, no había nada. Llevaba toda la vida luchando para ser alguien por sí misma y no estaba preparada para convertirse en un mero accesorio en la vida de Dante.

Cuando se quedó dormida por fin, la decisión estaba tomada.

Capítulo 11

BETH abrió los ojos y miró el reloj alarma. Las nueve en punto. Parpadeó y volvió a mirar la hora. Debía de haberse quedado dormida. Había puesto la alarma para las siete.

Se estiró debajo de las mantas y las echó atrás para levantarse. La puerta se abrió y Dante entró de repente.

Beth quería volver a esconderse bajo las mantas, pero no era buena idea. Se estiró la camiseta hasta taparse las piernas.

–Buenos días, Beth. ¿Has dormido bien?

–Sí, gracias. ¿Y tú?

Sus miradas se encontraron durante una fracción de segundo.

–No tan bien como hubiera dormido contigo.

Él llevaba unos vaqueros negros y un suéter, y le sonreía. De repente, Beth sintió que le lanzaba un mensaje de lo más sensual. Tembló por dentro.

–Estaba a punto de levantarme –dijo rápidamente.

–Ya veo –Dante se sentó al borde de la cama y la agarró de la muñeca–. Pero tengo que hablar contigo antes. El gerente de las oficinas de Nueva York me llamó cuando llegamos anoche. Estaba un poco nervioso. Tengo que estar en una reunión mañana. Es algo urgente. Todo va a ser un tanto precipitado.

Nuestro vuelo está reservado para las cinco de esta tarde. Salimos de Heathrow, así que tendremos que irnos pronto.

–¿Tendremos? ¿Por qué? Esto no tiene nada que ver conmigo.

Él la rodeó con el brazo y la atrajo hacia sí. Le dio un beso. Su lengua la obligaba a entreabrir los labios.

Toda la lógica de la noche anterior se esfumó en un abrir y cerrar de ojos. Ese beso suscitaba cosas inefables. La arrastraba sin remedio.

–Por esto –le dijo, mirándola a los ojos–. Te quiero conmigo.

Beth ya casi estaba convencida. El sabor de sus labios y el nudo de deseo que tenía en el estómago bastaban.

–Hablé con el contratista cuando llegó esta mañana y no tienes por qué estar aquí. Si necesita entrar en la casa, puede pedirle las llaves a Janet o a su padre. Y Janet ha accedido a cuidar del gato durante las tres o cuatro semanas que no vamos a estar. Lo único que tienes que hacer es hacer la maleta.

Beth estaba anonadada. Había caído del cielo a la Tierra en un instante. Dante realmente había pensado en todo, excepto en preguntarle antes. Tenía razón. Solo era un apéndice en su vida.

Retiró la mano de su hombro y se apartó de él.

–Solo una pregunta –arqueó una ceja–. ¿Me quieres a tu lado por el sexo, o porque estás locamente enamorado de mí? –le preguntó, poniéndole en un compromiso.

Nada más formular la pregunta vio la respuesta en sus ojos.

–Te quiero conmigo porque eres mi esposa.

Era una respuesta esquiva, muy inteligente, digna del mejor abogado. No esperaba menos de él. La pasión podía desvanecerse tan rápido. Deslizó las piernas hacia el lado opuesto de la cama, se incorporó y se volvió hacia él para mirarle. Era el hombre más apuesto que había visto jamás, y le amaba tanto. Pero un amor que no era recíproco era la receta perfecta para el desastre.

–Quiero quedarme aquí y quiero el divorcio, así que me parece que vamos a tener que aprender a estar en desacuerdo –le dijo en un tono indiferente que no sentía.

Dante se puso en pie, lleno de rabia y frustración. Si le hubiera dicho que la amaba, a esas alturas ya hubieran estado en la cama, pero no iba a dejarse manipular por una mujer. Había pasado toda una semana atendiéndola, en vez de estar trabajando, algo que nunca había hecho por ninguna otra mujer. De hecho, no sabía a qué estaba esperando, por qué perdía el tiempo de esa manera. Miró a su alrededor. Podía quedarse en ese lugar que tanto le gustaba. No la necesitaba en su vida, haciendo peligrar su trabajo. Le daría el divorcio que tanto quería.

–No. Te daré el divorcio. Y también un consejo. Sé que tu compañera de celda murió en tus brazos en esta misma habitación. Ya es hora de que redecores este lugar y dejes de esconderte en tu oscuro pasado, o jamás saldrás adelante con tu vida.

Dio media vuelta y se marchó.

Beth le vio alejarse. Esas últimas palabras la habían cortado por dentro como un cuchillo, pero por lo menos demostraban lo que sabía desde el principio. ¿Cómo podía seguir queriéndole? Se alegraba de que se hubiera marchado. Era lo que quería.

¿Pero por qué sentía ganas de llorar? Miró a su alrededor. Vio la habitación a través de los ojos de Dante. La decoración era anticuada, estaba gastada... Deslizó una mano sobre el buró, recordando la primera vez que había hecho el amor con Dante. Para ella siempre había sido amor. Dante tenía razón. Ya era hora de seguir adelante en vez de aferrarse al pasado.

Pero no con él...

Diciembre. Dante estaba de vuelta en Londres, sentado junto a Martin Thomas, un amigo de la universidad. Estaban en la cena anual del colegio de abogados. Se arrepentía de haber ido, pero se arrepentía de muchas cosas por esa época, sobre todo de haber dejado a Beth aquel día. ¿Por qué no le había dicho que la amaba sin más? Los últimos dos meses le habían enseñado algo: no podía vivir sin ella. Si eso no era amor, entonces no sabía lo que era.

–Conoces al viejo Bewick, ¿no, Dante? –le preguntó Martin–. Me da mucha pena. Se desvivió por ese hijo suyo, Timothy. Debió de ser una pesadilla para él enterarse de que le arrestaron por tráfico de drogas.

–¿Qué? ¿Su hijo? ¿Estás seguro? –preguntó Dante, frunciendo el ceño.

–Sí. Baby Face Bewick es uno de los traficantes más importantes del país. Le han tenido bajo vigilancia durante todo un año y le han arrestado hace poco. A él y a su mano derecha, Hudson. Han recuperado un cargamento de drogas por valor de dos millones de dólares. A los dos les denegaron la salida bajo fianza y están en la cárcel, en espera de juicio. Yo soy el fiscal y la cosa está muy clara. Además, Hudson ha cantado como un canario. Bewick empezó a trapichear cuando estaba en el instituto, al parecer. Hudson le ayudaba y siguieron haciéndolo en la universidad. De hecho estuvieron a punto de pillarles durante su primer semestre en la facultad, pero le tendieron una trampa a una pobre chica, una tal Jane, y se salieron con la suya. Seguro que Hudson se arrepiente ahora. Si les hubieran pillado con diecisiete años, no hubieran ido al sitio al que irán ahora.

Dante ya había oído bastante. Se puso en pie de golpe y salió de la sala.

A la mañana siguiente llamó a un amigo de Scotland Yard y confirmó que Jane Mason era la chica a la que habían engañado. Tres años en la cárcel por un crimen que no había cometido...

Faltaban doce días para Navidad. Después de todo un día de compras con Janet y con Annie, se despidió de ellas por fin y sacó todas las cosas. Regalos, adornos, comida, cosas para el apartamento, que ya estaba terminado... Beth se sentía bien.

Más tarde, esa misma noche, después de haber pasado un buen rato enroscando un cable de luces alrededor del árbol, decidió que las bolas podían esperar hasta el día siguiente. Se dio una ducha y se tumbó en el sofá con una camiseta tamaño maxi y una bata de lana blanca. Binkie se acurrucó contra su pierna, ronroneando como un tren. Un tronco ardía en el hogar. Le acarició la espalda al gatito y justo en ese momento llamaron a la puerta. Volvieron a llamar. Miró hacia el reloj de pared. Las ocho y media.

¿Quién podía ser? Seguramente eran los de los villancicos. Fue hacia la puerta y abrió. Una bocanada de aire frío la golpeó en cuanto levantó la vista. La sonrisa se le borró de la cara. No eran los de los villancicos. Dante... El corazón le dio un salto.

Dante la vio en el umbral. Sus ojos verdes brillaban más que nunca. La luz del vestíbulo capturaba todo el resplandor de su pelo rojo y formaba un halo alrededor de su cabeza. Parecía un ángel, y la culpa y la desesperación que sentía casi le consumieron por dentro.

–¿Qué estás haciendo aquí? –le preguntó Beth una vez recobró el aliento.

–Tengo que verte. Es importante, Beth. Por favor, déjame entrar. No me llevará mucho tiempo.

No quería invitarle a pasar, pero hacía mucho frío fuera.

–Muy bien –retrocedió y le hizo señas para que entrara. Cerró la puerta tras él y se volvió.

Él la observaba fijamente.

Tenía un aspecto horrible. Sus pómulos altos estaban más marcados que nunca y su boca tenía un rictus duro. Oscuras ojeras se dibujaban bajo sus ojos. Pero para ella seguía siendo el hombre más hermoso que había visto en toda su vida. ¿Cómo había llegado a pensar que había logrado olvidarle?

–Ven y siéntate –entró en la habitación de la chimenea–. Dame el abrigo.

Llevaba un pesado abrigo negro.

–¿Quieres algo caliente de beber?

El suéter color crema le quedaba demasiado hol-
gado, y los vaqueros. Beth se preguntó qué le había
pasado. Parecía enfermo.

Él se puso erguido.

–No, gracias.

Binkie saltó del sofá y fue a frotarse contra la
pierna de Dante.

–Hola, Binkie –dijo él.

Un atisbo de sonrisa se dibujó en su boca.

«Gato traicionero», pensó Beth.

Dobló su abrigo y lo dejó sobre el respaldo de un
butacón. Empezó a sentir la turbadora fragancia de
su perfume, de su pelo, de su piel... Recordó todos
esos momentos tan íntimos que tanto se había esfor-
zado por olvidar. Sintió que los pechos se le hincha-
ban. Un estremecimiento la recorrió por dentro.

Se puso tensa. Pasó por su lado y regresó al sofá.

–¿Por qué has venido?

No había vuelto a saber nada de él desde aquel
día, y ya estaba esperando los papeles del divorcio.

–¿Para darme los papeles del divorcio personalmente?

No podía pensar en ninguna otra razón.

–No. Timothy Bewick.

Beth se incorporó y le miró a los ojos.

–Esta es mi casa, y no permitiré que se diga ese
nombre en ella –dijo con firmeza–. Me gustaría que
te fueras.

–Y lo haré. Pero primero quiero disculparme, aunque sé que no hay disculpa que sirva teniendo en
cuenta lo que te hice. Es por eso que he venido.

Parecía incómodo, inseguro.

–Escúchame, Beth, aunque me eches a la calle después. No me merezco otra cosa.

–¿Por qué te estás disculpando? –Beth no comprendía nada.

Dante se puso erguido y se preparó para seguir.

–Anoche me enteré de que Baby Face Bewick, como se le conoce, es uno de los principales traficantes de este país, y ahora mismo está en la cárcel con Hudson, en espera de juicio. Hudson admitió que una vez le tendieron una trampa a una chica, a ti, Jane Mason, cuando eran adolescentes.

Beth se encogió de hombros.

–¿Y? Yo siempre he sabido que era inocente, y ahora ya no tiene importancia. La vida sigue.

–A mí sí que me importa –dijo Dante en un tono apasionado. Sus ojos estaban llenos de dolor, de arrepentimiento–. Apenas puedo vivir conmigo mismo, sabiendo lo que te hice. Te metí en la cárcel. Te robé un año y medio de tu vida. Cuando pienso en lo que debiste de sufrir me parte por dentro. Muchas cosas de las que te han pasado, cosas horribles, son culpa mía. No me puedo creer que haya sido tan arrogante, tan ciego como para creerme sus mentiras.

–No te castigues por ello. Nadie es infalible, ni siquiera tú. Tal y como has dicho, cualquier abogado medianamente bueno, hubiera obtenido el mismo resultado.

Por fin reconocía la verdad. El abogado frío y cruel admitía que se había equivocado, pero por alguna razón Beth no sentía la satisfacción que había esperado.

–¿Cómo puedes quedarte así, Beth? Te arruiné la vida –le dijo él con vehemencia.

–Porque he vivido muchos años sabiéndolo y no tiene sentido dejarse consumir por el resentimiento. Así solo te destruyes a ti mismo.

–*Dio*, Beth –se sentó a su lado–. Cuando pienso en cómo me comporté contigo cuando te encontré de nuevo... Te amenacé. Te dije cosas horribles. Lo siento mucho, aunque sé que no hay disculpa que pueda reparar el daño que te he hecho. Pero tenía que venir a verte, a decírtelo. Beth, te mereces eso por lo menos. Te mereces mucho más. Y la ironía de todo es que me estaba arrepintiendo de haber asistido a esa cena, me estaba arrepintiendo de no haberte dicho que te quiero, cuando oí lo de Bewick.

Le agarró las manos y se las apretó tanto que Beth hizo una mueca, pero él no parecía darse cuenta. Todavía no daba crédito a lo que acababa de oír.

«Te quiero...».

El corazón se le salía por la boca. De repente fue consciente de la caricia de su aliento sobre la cara.

–Entiendo por qué dijiste que me odiabas, Beth, y no te culpo. Yo me odio a mí mismo. Me sorprende que incluso quieras hablar conmigo. Daría todo lo que tengo, mi vida, porque pudieras recuperar todo ese tiempo perdido.

Le apretó las manos aún más y la miró con esos ojos increíbles. De repente fue como si el mundo se parara... expectante. Beth sentía correr la sangre por sus venas, con cada respiración. El silencio se prolongaba más y más. Dante tenía miedo.

–No espero que me perdones. Y sé que no tengo derecho a pedírtelo, no después de todo lo que te he hecho. Pero te quiero tanto. Si pudieras darme otra oportunidad... No te estoy pidiendo que me quieras, Beth, sino solo que me dejes volver a tu vida. Déjame intentar recompensarte por lo que te he hecho. Por favor.

El corazón de Beth se desbordó. Sonaba tan vulnerable. Los ojos se le llenaron de una extraña humedad. Le había dicho que la amaba, no una vez, sino dos, y quería creerle, así que lo hizo.

La Navidad había llegado de repente, no solo la de ese año, sino todas las que había vivido en su vida.

–Sí –le dijo, esperando que la tomara en brazos.

Pero Dante le levantó la mano y le dio un beso en la palma con devoción.

–Gracias, *cara* –le rozó los labios–. Sé que no te merezco, pero sí que te quiero, y te juro que pasaré el resto de mi vida compensándote por lo que te hice –murmuró mientras la besaba.

Beth sucumbió al oír esas palabras. El corazón se le aceleró. Le rodeó con ambos brazos y le besó con el cuerpo y con el alma.

Él le quitó la bata y ella puso las manos alrededor de su cuello. Sentía sus manos sobre los muslos. Notaba cómo le subía la camiseta hasta las caderas. Se puso de puntillas un instante y le ayudó a quitársela por la cabeza.

Le observó mientras se desnudaba ante ella y entonces, a la luz del fuego del hogar, se tumbaron en el sofá, besándose, haciendo el amor.

Beth temblaba al sentir las caricias de sus manos sobre los hombros, los pechos, el vientre, los muslos. Él deslizaba las manos sobre su cuerpo como si la venerara. Beth le animaba a seguir con suspiros silenciosos y recorría su pecho con las yemas de los dedos.

Finalmente, cuando sus sentidos ya no podían aguantar, sus cuerpos se unieron frenéticamente, vibrando y buscando el desahogo con desesperación.

Unos minutos más tarde Beth yacía inmóvil, todavía temblorosa. Dante la hizo acurrucarse contra él y le acarició el cabello.

—No me puedo creer que haya pasado esto. Vine totalmente desesperado. No esperaba que me dejaras entrar. Tienes un corazón tan generoso. Eres preciosa por dentro y por fuera. Pasaré el resto de mi vida amándote.

Beth contempló esos ojos increíbles. El amor se veía en ellos.

—Y yo te quiero a ti. Creo que siempre lo he hecho. Te vi en el tribunal y pensé que eras mi caballero andante, mi salvador. Me ha llevado mucho tiempo descubrirlo, pero ahora sé que lo eres.

Él la tomó en brazos, la llevó al dormitorio que habían compartido por última vez y allí hicieron el amor de nuevo. La amaba de todas las maneras posibles. Acurrucada junto a él, Beth le miró un instante y entonces se durmió.

La observó mientras dormía. ¿Cómo tenía tanta suerte? Le había perdonado. Esa mujer hermosa, valiente y maravillosa, a la que amaría hasta el último de sus días, le había aceptado de nuevo en su vida. Le dio un beso en la mejilla. Y entonces se dio cuenta de que había cometido el mismo error que la otra vez. No se había protegido. Pensó en despertarla, pero finalmente decidió no hacerlo. Muy pronto se enteraría.

La rodeó con ambos brazos y se dejó vencer por el sueño.

Once meses más tarde se celebró una gran fiesta en la finca de la familia Cannavaro, para todos los amigos y familiares de Beth y de Dante. Era una fiesta de boda con retraso, pero también se celebraba el bautizo de Francesco Cannavaro, su hijo y heredero.

Su abuela y Sophie, el ama de llaves, por fin podían ponerse sus tocados.

Bianca.

**Era un hombre acostumbrado a salirse con la suya,
¡y ella estaba a su merced!**

Después de haber sido cruelmente abandonada por su prometido, Vivienne Swan dejó su trabajo como diseñadora de interiores y se encerró en su casa para sufrir en silencio. Sin embargo, la intrigante oferta de Jack Stone, un rico constructor que hasta ese momento no había conseguido seducirla, le resultó demasiado tentadora y la hizo salir de su encierro.

Al trabajar codo con codo con Jack en su último proyecto, Vivienne se sacó de la cabeza a su ex, ¡reemplazándolo con eróticas fantasías sobre su nuevo jefe! Una aventura con Jack podía ser muy placentera, aunque implicaba jugar con fuego.

El Capricho de Francesco

Miranda Lee

Acepte 2 de nuestras mejores novelas de amor GRATIS

¡Y reciba un regalo sorpresa!

Oferta especial de tiempo limitado

Rellene el cupón y envíelo a

Harlequin Reader Service®
3010 Walden Ave.
P.O. Box 1867
Buffalo, N.Y. 14240-1867

¡Sí! Por favor, envíenme 2 novelas de amor de Harlequin (1 Bianca® y 1 Deseo®) gratis, más el regalo sorpresa. Luego remítanme 4 novelas nuevas todos los meses, las cuales recibiré mucho antes de que aparezcan en librerías, y factúrenme al bajo precio de $3,24 cada una, más $0,25 por envío e impuesto de ventas, si corresponde*. Este es el precio total, y es un ahorro de casi el 20% sobre el precio de portada. !Una oferta excelente! Entiendo que el hecho de aceptar estos libros y el regalo no me obliga en forma alguna a la compra de libros adicionales. Y también que puedo devolver cualquier envío y cancelar en cualquier momento. Aún si decido no comprar ningún otro libro de Harlequin, los 2 libros gratis y el regalo sorpresa son míos para siempre.

416 LBN DU7N

Nombre y apellido	(Por favor, letra de molde)
Dirección	Apartamento No.
Ciudad	Estado Zona postal

Esta oferta se limita a un pedido por hogar y no está disponible para los subscriptores actuales de Deseo® y Bianca®.
*Los términos y precios quedan sujetos a cambios sin aviso previo.
Impuestos de ventas aplican en N.Y.

SPN-03   ©2003 Harlequin Enterprises Limited

No tardó en descubrir lo que ella le había estado ocultando, el secreto que guardaba con celo

Hacía mucho tiempo desde que la perfumista Holly Craig, inocentemente, sucumbiera al encanto y las falsas promesas de Drago di Navarra.

Por fin, como modelo de una nueva campaña publicitaria para el lanzamiento de un perfume, Holly estaba dispuesta a mostrarse digna contrincante del embriagador empresario.

En apariencia, Drago era símbolo de profesionalidad y poder. Sin embargo, le perseguía el recuerdo de una chica supuestamente inocente que resultó ser como todas las demás.

Aroma de traición

Lynn Raye Harris

FALSA PROPOSICIÓN

HEIDI RICE

El millonario aristócrata Luke Devereaux apareció en la oficina de Louisa di Marco, la llevó al ginecólogo y exigió que se hiciera una prueba de embarazo. Atónita, Louisa descubrió que el resultado era positivo.

Tres meses antes, Luke le había dado una noche de placer que no podría haber imaginado ni en sus mejores sueños y que no se repetiría nunca.

Pero tras descubrir el embarazo, él exigió que contrajesen matrimonio y esa proposición contenía una extraordinaria promesa: más noches de increíble placer...

Secuestrada y obligada a admitir que estaba embarazada

¡YA EN TU PUNTO DE VENTA!